若き日の哀しみ

ダニロ・キシュ
山崎佳代子◆訳

東京創元社

RANI JADI
1969, 1994
Danilo KIŠ

This book is published in Japan
by TOKYO SOGENSHA CO., Ltd.
by arrangement with Librairie Arthème Fayard,
through le Bureau des Copyrights Français, Tokyo.

目次

若き日の哀しみ

秋になって、風が吹きはじめると

秋になって、風が吹きはじめると、マロニエの葉がまっさかさまに、柄《え》を下にして落ちてくる。そして音がする、鳥がくちばしを地面にぶつけたように。マロニエの実は風ひとつなくとも、ひとりでに、星が流れるように落ちてくる。——くるくる目が眩《くら》むように。そして地面に当たって、鈍い叫び声をたてる。鳥のように、卵から少しずつ生まれるのではない、産毛におおわれた殻が一度にはじける、白みがかった青い内側がのぞく、そこから、いたずら好きの、浅黒い合いの子が飛び出す、つやつやのほっぺたは、にっこり笑った黒人の歯茎のよう。双子の入った実もあるが、見分けがつく。ひとつには額に印がある、馬のように。母にはそれで、いつもその子だとわかるのだ、額の星で。

少年は草原の穴に隠れるように落ちていたマロニエの実を集め、ほおばる。ねばねばした渋みで口がいっぱいになる。少年は微笑む。木によじ登り、実が固まってなっている枝を選んで、待ったらいい。眠りの天使に騙《だま》されてはいけない。三日三晩は、飲まず食わず、休まず眠らず、木の実を見つめたらいい。時計の短針を見つめるように。刺《とげ》はもう固くなっていて先はすこし黒みを帯びてきた。もし下手にさわったりすれば、指先に小さい穴が開いて、君の美しい赤い血が流れ出す。そうしたら、さっきまで泥と馬糞で団子をこねていた汚い指を吸わなくちゃいけなくなる。敗血症になってしまうかもしれない。そうなれば、子供は死んでいく。小さな金色の棺に納められ、墓地へと運ばれていく、薔薇《ばら》の花のなかを。葬列の先頭は十字架を掲げて行く、棺のあとを少年のママとパパが行く、もちろん姉さんも、姉さんがいたらだけど。母親は喪服に身を包み、顔が見えない。ただ絹の黒いベールは、目のあたりだけが涙で湿っている。

肌の白い少女が高等学校の黒い制服を着て、半分下ろされたブラインドから差し込む水晶のような光のなかに腰掛けている。太陽がコロン水の入った菫色《すみれいろ》の瓶に金色の星を描いていく。

そう、これが、菫の香りの秘密。蝶や野獣の小さな絵といっしょに香水を売る娘は、菫の香水がいちばん好きだ。そしていたるところにたっぷりふりかける。掌《てのひら》、ふさふさした赤毛（ただ赤毛には、なにかほかの香りのほうが、似合うだろうけど）。

オーケストラとリラの花のためのフーガを作曲しなければならない。暗い広間のなかの舞台へ清らかな香りの菫色の小瓶を運び出さなくてはならない。

静かに、叫び声もなく、意識を失った人々が、別の広間へ運び出されるだろう、子供っぽくて、薬くさい菩提樹《ぼだいじゅ》とカミツレの香りの漂うそこへ。

マロニエの通り

恐れ入りますが、マロニエのある通りはどちらか、ご存じでしょうか。覚えていらっしゃいませんか。どこかこのあたりのはずですけれど、通りの名前が思い出せません。でも、たしかにこのあたりだったのです。なんですって、ここらにはマロニエの通りなんてないですって。でも、僕にはわかってるんです、ここにあるはずだって。そんな記憶違いをするはずないでしょう。

そう、まだ戦争前のことでした……角に学校があって、学校の前には共同井戸がありました。まさか、僕が作り話をしているなんてお考えじゃないでしょうね。その学校で僕は一年生になり、その前は、そこの幼稚園に通ったんです。先生はファニー先生といいました。みんなで撮った写真を、お見せしましょうか。ファニー先生、僕らの先生です、そう、先生の横に坐っている、それが僕、アンドレアス・サム。それから姉のアンナ、フレディー・フックス、僕らの仲間の大将です……そうだ、ああ、やっと思い出した。通りの名前は「ベーム通り」といったはずです、僕はかの有名なベーム組で暴《あば》れてたんですから。大将はフレディー・フックス、人呼んで、のっぽのアーツァ、昔からこの土地に住むドイツ人でした。こいつはいい、もしあなたとお話しすることがなかったら、僕はその通りが、あの一八四八年の名高いポーランドの将軍の名前を取ってベーム通りと呼ばれていたことなんか、ぜんぜん思い出さなかったでしょう。この名前を聞いて、ひょっとして何か思い当たることでもありませんか。ベーム、ベーム通り。いや、ごめんなさい、もちろん、覚えていらっしゃるはずはありませんね、戦争前にここに住んでいらっしゃったのならともかく、でも、どこかこの辺に、マロニエの並木道があったかどうかくらいは、ご存じでしょう。マロニエは春になると花が咲いて、雨上がりのときはともかく、通りじゅう、少し胸苦しいような強い香りがしました。そんなときには、マロニエの花の香りが、オゾンに混じって、あたり一面に漂うのでした。

いや、どうも、すっかり僕だけがしゃべりすぎてしまいました、ごめんなさい、ほかの人にも聞いてみなくては、その通りを覚えている人がいるはずですから。戦争前、ベーム通りと呼ばれていた、マロニエの並木が植えられていたあの通りを。

覚えていらっしゃらない。あなたも。申し上げられることは、角に井戸がひとつあったということくらい、共同井戸が、学校の前に。近くには兵舎があった、左手の、角を少し曲がったところ、通りの反対側の端です。僕たち子供も、そこまでは行ってもよかった。そこは車の往来が激しくなかったんです。でも、兵舎のあたりの、角のところからは、線路が始まっていました（黄色と青の小さな市電です）。そうだ、申し上げるのを忘れていましたが、マロニエの並木道の傍らに、左側ですが、戦争の直前に、防空壕が掘られました、ジグザグに。そこに僕らの仲間はよく集まっていたんです。そんなこと、思い出す手掛かりにならないかもしれませんけど。大きな防空壕が掘ってあったんですよ。もちろん、防空壕はいたるところにありましたけれど、よく覚えています、マロニエのあったのは僕らの通りのほかになかったのです。もちろん、みんなささいなことですけど、でも申し上げておきますが、その通りにマロニエの木が植えられていたのは、はっきりと覚えています、それなのに、これはアカシアですし、井戸もどこにも見当たりません、やはり、そんなはずはないと思うのです、あなたの思い違いではありませんか、ベーム通りというのはほかの通りじゃなかったでしょうか、この通りは短《みじか》すぎるような気がします。ともかく、ありがとう、調べてみます。どこかの家をノックして、この通りは戦争前、ベーム通りと呼ばれていましたかと尋ねてみますよ。だって僕にはとても不思議で信じられない、あんなにあったマロニエの木が消えて無くなるなんて、せめて一本くらい残っていそうなものじゃありませんか、木というものは命の長いものでしょう、マロニエだってそう簡単に死ぬものじゃありませんよ。

ね、奥さん、自分の目が信じられないんです。あのマロニエがどこに消えたのか、だれひとり説明できないんですから、もし奥さんがいらっしゃらなかったら、すべては自分の作り話か夢だと思ったでしょうね。だって、ご存じでしょう、記憶なんていつもそうです、記憶が確かな人なんていないんです。奥さん、ほんとうにどうもありがとうございました、僕が住んでいた家を探しに行きます。いえ、けっこうです、ひとりでいたいんです。

彼はある家の扉に近寄る、それは、あの扉ではなかったが、ベルを鳴らす。ごめんください、ごく当たり前の声で言う、アンドレアス・サムさんは、こちらにお住まいでしょうか。いいえ、いいえ、と女は言う、お読みになれませんこと、ここは、スメルデル教授の住まいですのよ。

それは確かですか、彼は繰り返す、アンドレアス・サムさんはこちらにお住まいじゃありませんか。戦争前にはここに住んでいたのですよ、まちがいなく。もしやお父さんをご存じでは。エドワルド・サム、あの眼鏡をかけた。それとも、お母さんのほうを覚えていらっしゃいませんか、マリア・サム、背のすらりとしたきれいな、物静かな人でした。それでは、お姉さんの、アンナ・サムはどうです、いつも髪にリボンを結んでいた。ほら、見てください、あの葱畑《ねぎばたけ》のあたり、あそこにベッドがありました。奥さん、見てください、はっきり覚えています。ここに、母のマリア・サムのミシンが置いてありました。〈シンガー・ミシン〉で、足踏み式でした。

ああ、奥さん、どうぞご心配なさらないで、ただ記憶を呼び覚ましているんです、おわかりでしょう、これほど年月が経つとなにもかもが消えていく。ほら、ご覧ください、僕の枕元には林檎《りんご》の木が生え、シンガー・ミシンは薔薇の茂みになっています。マロニエなんか、奥さん、その名残りすらありません。それは、奥さん、マロニエには、自分自身の記憶がないからなのですよ。

お聞きのとおり、家はないのです。僕の枕元には林檎の木が生えたのです。ごつごつと、幹の曲がった、実をつけぬ木が一本。僕が子供の頃を過ごした部屋は葱畑になり、母のシンガー・ミシンのあった場所は、薔薇の茂みです。庭の横に新しい三階だてが建ち、スメルデル教授が住んでいるのです。マロニエの木を切ったのは、戦争だったのか、人間、それとも単に、時間だったのでしょうか。

さて、ここベーム通り二七番でなにが起こったのでしょう。かつて僕が抒情のひと跳びで飛び越してしまいたいと思っていた、二十年ほど昔に。父が入ってきます、僕たちが家を出てから二、三か月あとのこと、ベーム通り二七番の家へ、そして、僕たちの持ち物を運び出します。洋服ダンス二つ、ベッド二つ、母のシンガー・ミシン。最後の家具を運び出してしまうと、それはあのスプリングのきいきいきしむトルコ風の長椅子でしたが、なにが起こったのか。――スメルデル夫人、僕はまだあなたとお話ししているんですよ――「最後の家具を運び出してしまうと、ああ、大好きな私のオルガ、それはあのスプリングのきしむトルコ風の長椅子だったが、家はトランプの塔のごとく崩れ落ちてしまったのだ。私にもわからない、どんな奇

跡によって助かったか……」（父エドワルド・サムがその妹オルガ・サム＝ウルフィに宛てた手紙より）

今はそこに葱が植えられているのです、きれいな緑色の長葱が、奥さん……

遊び

男は鍵穴を覗き、あの子じゃない、アンドレアスではないと思う。アンドレアスじゃない、と思いながら長いこと身を屈《かが》め、立っていた、辛抱強く、じっとそこに立っていた、腰に痛みを感じてもまだ。長身だったから、鍵穴はほとんど彼の足の付け根のあたりにあった。それでも身じろぎひとつしなかった。眼鏡のレンズの奥で目が涙に曇り、視界がすっかりぼやけてしまっても、なお体を動かさなかった。部屋からは、回廊を吹き抜けるようなひんやりした隙間風が流れ出してきた。が、男は動かなかった。一度、眼鏡のレンズが錠に当たったが、そのとき、顔を後ろに少し引いただけだった。どこか意地悪気に、これをマリアに見せてやらなくちゃと思ったが、そう思ったという意識もなく、そこに悪意があることにも気がつかなかった。マリアに見せてやらねば、アハシュエロスのマックスを、あの鵞鳥《がちょう》の羽売りを。なぜかわからなかったが、マリアを辱《はずかし》める必要を感じたのだった。これで彼女は傷つくぞ、そう思うと満足だった。血筋という川が脈々と流れている様を見せてやらなければ。アンドレアスは（彼女が思っているような）彼女の金髪の少年ではなく、彼の血筋であること、さ迷えるマックスの孫であるということを。そうすれば胸がずきんと痛むだろう。マリアがひそかに苦しむだろうと思うと、今からもう嬉しくてわくわくした。彼女の金髪の少年、彼女のアンドレアスが、幾世紀もさ迷い続けるかのように、お客にものをすすめて絵から絵へと渡り歩いていくのを見れば（彼が彼女に見せてやるのだが）、はっきりとした証拠をつきつけられて、力無く心のうちで無言のまま抵抗するほかないだろう。だから鍵穴から離れる気になれなかったのだ、手を伸ばせばすぐそこにある、満足の瞬間を先に延ばし延ばししていたのだ。しかし、彼女を苦しめる満足を手を伸ばしてつかまえることはしたくなかったし、できもしなかった。だからその瞬間を先に延ばしていたのである。ひとりでに熟し、青くなり、熟《う》れた李《すもも》のように水たまりに落ちるのを待っていた。だからすぐにマリアを呼ぼうとはせず、辛抱強く鍵穴を覗き続けていた。鍵穴からは、廊下を吹き抜けるようなひんやりとした隙間風が流れ出ていた、どこか遙《はる》かな、時間さえないほどの彼方《かなた》から吹いてくるような。その廊下の端に、ぼんやりと、霧のかかった遠景に、夕闇に包まれたように、彼が、アハシュエロスのマックス、あの鷲鳥の羽売りが、立っていて、品物をすすめている、きびきびと、ユダヤ人らしく。男はマックスのことばかり考えていた、考えざるをえなかったのだ、マックスを見ていたのだから。それでも、すべてをマリアに見せてやらねば、そうすれば胸が痛むだろうということを、片時たりとも忘れていなかった。そう、だからすぐにはマリアを呼ばなかったのだ、その瞬間がひとりでに熟し、李のように青くなって落ちてきたら、踏みつけ、踏みつぶしてやろうと待ち構えていたのだった。

少年は（しかし）ひとりで部屋にいる。手がかじかんでいるのを感じ、とっくに台所へ行って暖をとりたかったのだが、なかなかそれができないでいる。ここではだれにも見られないが、あそこでは、台所では、大人たちの視線のなかで、とてもこんなふうには、遊んだりはできない。邪魔をすることはないかもしれないし、おそらく文句も言わないだろう（とりわけ母は）、だってこれは、まったく無邪気な遊びだから、そう少年は感じる（納屋でマッチをつけたり、通りがかりの人に唾をかけることにくらべれば)。でもやっぱりこれは奇妙な遊びだ。アンナならけっして思いつかないだろう。だからベッドからとった更紗木綿《さらさもめん》の枕を肩に担《かつ》ぎ、重荷で腰が曲がったふりをして、部屋じゅうをうろつきながら、絵から絵へと移り(そこになにか罪深いものを、少年は感じる)、ぼそぼそ何か話している。ミシンの傍らに、窓の前の、磨かれた床の上に置き忘れられた少年のおもちゃがある、鉛の兵隊、粘土の玉やビー玉。だが、少年は今は別の遊びをしている、なんという遊びかはまだわからない。「奥さん、白鳥の白い羽はいかがですか」お辞儀をしながら、そうささやく、アンナのベッドの上にかけられたモナリザの謎の微笑みにうっとり見とれて。少年の顔にほんものの失望が読み取れる。これが最後のチャンスだったのだ。これまでなんとたくさんの客に断わられたことか。父のベッドの上にかかっている(おかしな帽子をかぶりみつ口で長いパイプをくわえている)老人も、あの上品な物腰の(鉤鼻《かぎばな》で、ボタンのついた先の尖ったおかしな靴をはいている)老婦人も、だれもかも、そして今度はこの美しい女の人も、意味ありげな謎の微笑みを浮かべ、全部買ってくれるかと思うと、ちょっと馬鹿にして断わりそうな素振りを見せる。少年は彼女の前に立っている、傷ついて、恋をして。答えを待ちながら同時に思う、この商売は僕には向いていないな、と。この女の人に売り物をみんなあげてしまいそうだ、きれいな目のために、微笑みのために、そして僕の店はつぶれてしまうだろう。でも、つぶれるがいいと思う、うっとり目を輝かせて。いいんだ、なにもかもあげてしまおう、やわらかな寝床で眠るがいい。それから急に大きな声で、「モナリザさん、さあ、若い物売りからの贈り物です。ベッドにお使いください……お代は微笑みでちょうだいしました」お辞儀をして、これは遊びだ、幻にすぎないのだと知りながら、すっかり顔を赤らめたが、背伸びした紳士ぶりや自分自身への裏切りを思って恥ずかしかった、なぜなら商人ごっこをするからには、品物をできるだけうまく捌《さば》くようにしなければならず、微笑みひとつで倒産しては始まらないからだ。

男は鍵穴の向こうを覗く。そして亡父、アハシュエロスのマックスを見たのだ。それは亡霊ではなかった。アハシュエロスのマックス、あの鶩鳥の羽売りその人だった。遠くから、いずこからともなくやって来たのだ。男は黙っていた。視界がかすむのを感じた。鍵穴から、廊下を吹き抜けるように、強い隙間風が流れてきた。

マックスは、買い手を見つけたところだった。「上等の鵞鳥の羽はいかがですか《ヴュンシエン・ズイー・ファイネル・ガンスゲフエーデル》、奥様《フラウ》」マックスはおどけたようにお辞儀をすると、肩から南京袋をおろした。

男は黙っていた。

「モナリザの奥さん」マックスは言った。「これはこの辺じゃいちばん美しい羽ですよ。これはレダの白鳥の羽ですよ。混じり物なしの白鳥の羽、いかがですか」——それから、男はお客の顔に微笑みをみとめる、軽蔑でもある慈悲でもある、それでも少しは脈のありそうな、やっと感じ取れるほどの微笑みだ、南京袋を肩に担ぐとお辞儀をして言った。「さようなら《アディオス》、お嬢さん《セニョリータ》。後悔なさいますよ」——そのとき男はぎくりとした。それまで後ろで組まれていた男の手は、突然なにかを語りはじめた。女は背を向けていたので、見ることができなかったが。エドワルドはそれでも目を鍵穴からそらすことができなかった。だが、急に姿勢を正すと、眼鏡もとらずにハンカチで目をこすった。「マリア」と、声を落として言った。「だれが部屋にいるかあててごらん。覗いてごらん。そおっと気をつけて」コーヒー沸かしを手から放さずに女は振り返った、アルコールランプの紫の炎がなめている。「だれなの、エドワルド。だれ」眼鏡の奥で男の瞳孔が見開かれるのが見えた。「だれだって？　だれだって？　見るがいい」かっとして叫ぶ。「死んだ親父だ、アハシュエロスのマックスだよ」それから、疲れた様子で、椅子に倒れ込むようにして坐ると、煙草に火をつける。女はコーヒー沸かしを炎からおろす。女の手も震えているのがわかった。

扉がきしみ声をあげて少年はびくりとした。女は枕を腕にかかえている少年を見つける。彼のほかに部屋にはだれもいない。「アンディ」と女は言ったが、声が震えているのを隠すことはできなかった。「こんなに寒いお部屋でなにしてるの。おてがすっかり凍《ここ》えちゃったじゃない」

「なんでもないよ」と、少年は言う。「遊んでるんだ」

「その枕を置きなさい」と、女は言う。

「ママ、僕、枕で遊んでるんだよ」と、少年は言うと、それから枕を肩にかつぎ、女の前に立った。「奥さん、上等の白鳥の羽はいかがですか？」と、にっこり笑ってお辞儀をする。女は黙っていた。少年の顔からそのとき微笑みが消えた（そう、少年にはわかっていたのだ、感づいていたのだ、なにか罪深いものがその遊びにはあると）。女は少年の腕から枕を取り上げるとベッドに放り投げた。それから扉のほうに行こうとしたが、男の視線に釘づけにされたように立ち止まった。少年の腕を放すと、急いで男の横を通り抜けていった。

「アハシュエロスのマックスを見たかい」男の口からこぼれた言葉は、あたかも泥のなかに落ちた熟れた李の実のようだった。

「ええ、エドワルド、ええ。見たわ。白鳥の羽をすすめられたわ。『マダム、混じり物なしの白鳥の羽はいかが』って」

「昔々、あるところに、皇帝がおりました」と、お祈りのあとで、女は子供にお話を始めた。「それから」少年は眠い目をこすってそう尋ねる（でもわかっていたのだ、いつものように、ママのお話を聞くと眠ってしまう、がんばっても無駄だ）。

「そして皇帝はジプシーの娘をお嫁さんにしました……」「どうして？」と、少年は尋ねる。

「ジプシーの娘は美しかったのです。国じゅうでいちばんきれいだったの。で、そうして、男の子を生みましたが、この子が皇帝の跡を継ぐことになりました。皇帝は、お世継ぎが生まれてたいそう幸せでしたが、ジプシーをすぐに殺せとお命じになりました、だって母親がジプシーだと知れたりしたら世継ぎは玉座を失ってしまいます。そこで、王子様は、だれが母かけっして知ることがありませんでした。さいわい、子供は父親に瓜二つでしたから、王子様の皮膚の色にジプシーの血の浅黒さを感じる者はありませんでした」「それ、わかんないな」と、少年は言う。「そんなこと、いいのよ。続きをお聞き」と母は言ったが、この話を始めたことを少し後悔した、でも、こうなれば途中でやめるわけにはいかない。それは子供のためばかりではなかった。「……王子様は、帝国でもいちばん、優《すぐ》れた教師と賢者に育てられました。皇帝はたいそう満足で幸せでした」ここで話をやめることもできた、自分でも話がどう終わるのか知らなかったのだ。子供には難《むずか》しいだろう。少年の「それで」と言う声に（少年は、お話の思いがけない結末には慣れていた）、母は、終わりを考えるよりも先に話を続けた。「ある日、皇帝は王子様がもうお眠りになったかどうか確かめるため、王子様のお部屋を覗いてみました」——「それから」——少しためらうようにしたが、お話を続けた。「そうしたら、王子様がビロードと絹の枕を持ち、母の肖像画の前に立って、『パンの耳をお恵みを、お后様《きさき》（ジプシーの発音を真似て）、私めの裸をくるむ古着をひとつ……』すっかり取り乱した皇帝は部屋に飛び込むと、王子様の肩をつかみました。なにをしているのだ、王子よ、と皇帝は叫びました。父上、と王子は言いました、物乞いです、父上、と王子は言いました。ほかの遊びはみんな飽きてしまいました、馬も、鷲《わし》も、ですから乞食ごっこをしているのです」母の語る声はだんだん小さくなり、とうとう聞こえなくなってしまった。少年は眠っていた。ランプを消すと、つま先でそこを去ろうとした。

「王様は息子も殺してしまったの」暗闇から声がして、母はぎくりとした。そして戻ると子供の頭を撫《な》でてやった。「いいえ」とささやくように言った。明かりを灯さぬままに。

「いいえ」

略奪《ポグロム》

僕の知っている通りの住人がみんな少しは絡む出来事を見逃したくなかったし、また、僕の最近の生活をすっかり巻き込んでしまった出来事の毛糸玉を、こっそり解きほぐすつもりだったから、はあはあと荒い息をしながら駆けていく人たちの群れに引き込まれ、大胆にも行動を共にすることになった。税関吏《ぜいかんり》や消防士と肩を並べ、精も根も尽き果てたというように喘《あえ》ぎながら、呼吸を彼らの足どりにあわせて進んでいった。この数日、僕を根底から揺さぶった出来事、母さえ答えるすべを知らなかったすべての出来事の意味を、これでつかむことができるのだと、僕は思った。怖いと思う気持ちと戦いながら、僕は進んでいった。雪は足の下できしきしと鳴り、踏みならされ、石畳みのように堅く、脆《もろ》く、反響した。人々は巨大なムカデのように雪を踏みつけ、口からは混じりけのない白い蒸気が立ちのぼった。臭い息と喘ぎのカーテンを通して、雪のフィルターにもかかわらず、安物の香水の香りと、税関吏の緑の制服と消防士の青いマントから広がるすえた汗の臭いが漂ってきた。突然、ガラスの割れる音がして、群衆の頭の上で、稲光のようにきらりと光ったかと思うと、続いて、遠い木霊《こだま》のようにばりばりと板が割れ、最後に、門が圧力にたえかねてゆるむと、ほっとため息が流れた。

僕は、辛抱強く倉庫の軒下《のきした》に立っていた。オーバーの裾《すそ》や女の人のスカートにつかまり、押されて弾《はじ》き出されては、また執拗《しつよう》にもとの場所にもどり、足の森の間にもぐり込み、恐怖に駆られながら、ここ危険のまっただなかでこそ、この人たちからいちばんよく守られていると信じていた。人々の怒りという安全な場所を離れてはならない、夥《おびただ》しい人の群れから、腕一本でも離れてはいけない、そんなことになれば、捕まって踏み潰されてしまうことはわかっていた。

倉庫の扉は外に向かって押し開かれようとしたが、どうやって扉を開け放したらいいのかが問題となった。だれも前の列から離れようとはせず、地獄のような騒動となったからである。杖が飛びかう音、叫び声、足を踏み鳴らす音、救いを求める金切り声。どんな奇跡が起こったのか僕にもわからなかったが、突然、大きな扉がこの黒い群衆にざくりと切り込んだのだ、まるでナイフの刃のように。高い壁のあいだを巨大なエレベーターが底へ降りてくるように、四角い形の青ずんだ夕闇があたりを包みはじめていた。空気には灯油と石鹸の匂いがしていたが、かっと開かれた倉庫の口から、実に様々な香りが重なりあって吹き出してきた。まずオレンジとレモン、化粧石鹸とスパイス。それから安っぽいブリキの音を立てながら出てきたのは四角い缶詰で、食器セットのナイフのように危険のない真鍮《しんちゅう》の輝きを暗闇に放っていた。蠟燭《ろうそく》の束は青い包装紙に包まれ、乾いた骨のようにかたかたと音を立てた。林檎は鈍い音を立てて落ち、すぐに踏まれてまるで嚙み砕かれたようにぐしゃりと潰れた。黒っぽい紙袋からは砂糖がこぼれ、足元できしきしときしみ、踏みつけられたみぞれに混じっていく。人々はやっとの思いで群れから抜け出してきた。小麦粉は白粉《おしろい》のようにまるで子供を抱くように、腕にいろいろな包みを抱えていた。小麦粉は白粉のように漂い、人々の眉《まゆ》に積もってどこか改まった感じを生み出したが、それは滑稽なお祭りのようだった。女が絹の反物をコートの下から取り出して、歯で引き裂こうとしている。マッチの光が、一瞬、顔を照らし出すと、女の歯が絹を映して紅く見えた。花模様の更紗木綿のひと巻きが人々の足や頭にしつこく巻きついているのを僕は眺めていた。まるで大晦日《おおみそか》の夜のクレープ・ペーパーのテープのようだ。更紗はぎゅうぎゅう締まりはじめ、女たちは悲鳴を上げた。ところが群衆の動きはそれでかえって激しくなり、人々は首が締まり、はずそうとして乱暴に更紗をちぎるのだが、更紗は相変わらずどこからともなく湧いてきて、川のように押し寄せてくる。むきだしの壁と闇のほか倉庫になにも無くなると、人々は急いで散っていった、オーバーの下に分捕り品を隠して。

僕は脇に立っていた、正しき人として、報復を免《まぬが》れて。そのとき、心優しい女の人が僕に気がつき、通りがかりに、派手な模様の紙を貼った缶詰を僕の手に握らせてくれた。そこには、大きな赤い字でスパゲティー・ア・ラ・ミラネーゼと書いてあった。僕は、どうしたらよいかわからず、長いこと缶詰を手に握っていた、捨てる勇気もなく、家に持ち帰る勇気もなく。怯《おび》えたように、僕は税関吏のアントンさんを見つめた。彼は、樽《たる》の上に立って、紙吹雪を撒《ま》いていた。

顔が赤くなる話

夜、珊瑚礁《さんごしょう》の近くの海。僕は枕の下のピストルを確かめる。うん、これでいい。水夫が反乱を起こしたり、ジョー・マムットの手の者が船に姿を現わしたりしたら。キャビンの窓をもう少し開けるだけでいい。熱帯の夜、むしている。鴎《かもめ》の鳴く声が聞こえる。しっかり寝ておかなくてはならない。明日は大変な一日が待っている。

「おい、サム、作文はどんな出来だった？」

「わからない。まあまあじゃないかな」

「なにが書けるっていうのさ。バカげてるよ。なにを書いたんだい？」

「母さんがバクシャへ出かけていく、僕は、川のほとりで待っている、飢えた狼みたいに腹がきゅうきゅう鳴って。そして、母さんが来る。それだけさ。母さんの籠《かご》に入っていたパンの微笑みについて書いたよ」

「サムはいつも突拍子もないことを書くね。パンの微笑みって、なにさ？　なんのことだい？」

「そうだな。パンの香りとでもいうかな。じゃ、君はなにを書いた？」

「どうやってパンを焼くかさ。母さんが屋根裏に上がり、小麦粉を取ってくる、ほら、もうわかるだろう、かまどにパンを入れ、あとで取り出す。そんなことさ。みんな、同じことを書いたぜ。おまえだけ、格好つけてるんだ」

「ガル、僕、おしっこがしたくてたまらないんだけど、こっから動くのいやだな。この木陰があまり気持ちいいんで、トイレに行く気がしないんだ」

「俺も同じ。ほんとに、もらしちゃいそうだよ。おまえったら、また、上品ぶって。トイレだなんて！　それはなあ、便所とか、手洗いとか言うんだ、そうじゃなきゃ、皇帝も歩いておしっこにいらっしゃるあそこだ！」

「ベルが鳴るころには僕たち、もらしちゃうよ。そのとおりになるぞ。少なくとも僕はね」

「横向いてここでやっちまえよ。俺が陰になってやるから」

「それも考えてみたさ。でも、だれか女の子が来るかもしれないよ。それに、そんなことしても、うまく出ないような気がする」

「おまえったら、また格好つけてる。まあ、どうでもいいや。ほら、手を貸してやるから立ち上がれよ。おまえが学校でたった一人の友達だから、助けてやるんじゃないぜ、俺もおしっこしたいんだ。ベルが鳴ったら、もう、おしまいだ……」

「サムは馬みたいな小便するんだね。たっぷり一時間はたらしっぱなしみたいだよ」

「もう、ベル、鳴った？」

「まだだ、でも、どうやらなにかの間違いだね。リゴ夫人はなにか大事な用ができて来られないのかもしれない。それとも、ベルが鳴ったのに聞こえなかったのかな」

「ほかのみんなはどこだ？　見えるかい。だれかの声が聞こえるかい？」

「よくわからない。みんなもう教室に入ったような気がする。なんてこった、サム、いい加減にやめるわけにはいかないのかい。ともかく、水道を止めろよ。栓をひねるんだ。俺なんかおしっこしていてだれか来たら、茂みのなかや木の陰で探しものでもしているふりをして、やり過ごしてから、また蛇口をひねって終わらせるよ。

そんな目にあったことなかったのかい。おしっこしていたら、女の子が通りかかるとか。リゴ夫人とか、だれでもいいけど」

「ガル、さあ、先に行けよ。僕は、このままじゃ授業に行けないもの。膀胱をすっかり空っぽにしなくちゃ。ほかにしようがないよ」

「サム、ねえ、ちょっとがまんするわけにはいかないのかい？」

「先に行けってば。ほら、滝の水が少なくなってきたような気がする。でも、まだ、おしっこ、出るみたいなんだ。ほら、これで楽になった……」

　突然、恐ろしいことに意識がもどった。これは夢だ、これは夢だ。温かな液体が、股のあたりを流れていく。なんていうことだ、母はなんと言うだろう。それに姉さんのアンナだ。ひと月くらいは僕をからかうだろうし、ひょっとしてだれかに喋ってしまうかもしれない。どれくらい濡れたか、調べなくちゃ。もしかしたら、シーツまではしみてないかもしれない。それなら助かる。濡れたパンツの上にズボンをはいてしまえば、学校で乾くだろう。両腕で身体を支え、掌でシーツをさわってみる。ひどい！　じわじわと広がっていく水たまりのなかに、僕は寝ているのだ。もう二度とやらないぞと、何度、自分に言い聞かせてきたろう。そして、いつも、最後の瞬間にうまく目を覚ますことができたじゃないか。ほとんど、いつも。それが、今度は、裏切られた。ほんとに、恥ずかしいと思わなくちゃいけない。それに、どうして気がつかなかったのだろう。お笑いだ。一時間も、校庭でおしっこをし続ける。二つの子供だって、そんなの夢だとわかるだろう。きっと、これは、きのう、みんなで一日じゅう飲んでいた、あのいまいましい苦いお茶のせいだ。

母のほうに身を屈めると、耳にそっとささやく、静かに、アンナに聞こえぬように。

「ママ、僕、もらしちゃった」

母は、ゆっくり目を覚ます、僕の言葉の意味が、一瞬、わからない。

「学校のお便所にいる夢を見て、それでもらしちゃったの」

母は、ゆっくり、まだ半分夢心地で、僕の体の下のシーツを、手で探っていたが、水たまりを見つけると、くすくすと笑い出した。サイド・テーブルから時計をとると、耳にあてて、止まっていないかどうか確かめる。

「着替えなくちゃだめよ」と共謀者のようにささやく。「学校に行く支度《したく》をする時間ですよ」

それから、ゆっくり、アンナを起こさないように、ベッドから起き上がり、洋服ダンスを開けると、着替えを出してくれる。薄汚れた、湿った、しかめ面した秋の朝空がゆっくりと部屋に入ってくる。起きてこの雨のなかを学校に行くと思うと、みじめな気持ちになる。夢から急に醒め、夢に笑い物にされ、欺《あざむ》かれた恥ずかしさが、僕をいっそう打ちのめす。母といっしょに台所に行くと、母は僕に鍋の水を少しかけてくれ、僕はその水で目と鼻をこする。これで少しはよくなった。夢と現《うつつ》のあいだに広がる汚れた生温かい川を、うまく渡り切ることができた。なにか動物のような温もりが身体に入り込んでくると、もう自分の姿が目に浮かぶようだ、学校まで裸足で駆けていき、教室に入り、雨に濡れ凍え切った身体で、黙ってストーブの脇に腰をおろし、裸足の足とずぶ濡れのぼろがみんなの同情を呼ぶせいで、得意になっている自分が。それから、身体が乾き、自分の席に坐ると（僕の足は見えず、手に浮かんでいた赤みは、白い手袋をはめたように消えた）、リゴ夫人がいちばん上手に書けた僕の作文を、厳《おごそ》かな声でとうとう朗読するあいだ、僕はふたたびクラス一の栄冠をかちとり、その冠を戴《いただ》いて坐っている、ふくろうのように賢い態度で。それから、クラスがしんと静まり返るなか、リゴ夫人は感動のあまり我に返れないでいるが、やがて、この作文は教訓に富み霊感にあふれているので『よき羊飼い』に発表しましょうと、みんなに告げることになるのだ。

セレナード、アンナのために

窓の下がざわめいた、ふと、父を殺しに来たのだと思う。
するど、バイオリンの音色がその疑いを晴らし、僕を恐れから解き放してくれた。窓の下でバイオリンを弾いていたのは名手ではなかったけれど、僕の姉さんのアンナに思いを寄せているのは明らかだった。バイオリンはまるで人間の声のような音色をしていた。だれかが星に、姉さんのアンナに、耳の先まで恋をして、恥じらいがちに歌っていた。声にもっと男らしさと深みを与えようと、けんめいに。でも、その歌声はささやきに似ていた。

なぜ主は愛を造りたもうた……
なぜ夜は……

アンナはやっとマッチを見つけた、その光のなかで僕は、一瞬、アンナがカーテンの陰に立っているのを見た、白い衣をまとって。姉さんがもどってきてまた横になると、僕は聞いた、母さんがほろりとして、まるで格言かなにかのようにこう言うのを。

「アンナ、よく覚えておきなさい。セレナードをささげられたら、マッチの火をともす。それは気高い心くばりの印なのよ」

母の声に落ち着きをとりもどした僕はふたたび夢に落ちていった、香りの森の奥へ、緑の野原のなかへ身を沈めるように。

朝になって僕たちは窓辺に、銀の冠に似た、林檎の花の小枝を見つけた、それから燃えるような赤い薔薇を二、三輪。「ゆうべうちのお庭を荒らしたのはどの驢馬《ろば》さんかしら」と、リゴ先生が(その日、学校で)尋ねるより先に、まだ朝のうちに、いわば香りで、僕には夫人の庭の花だということがわかった、だって僕は薔薇の花を束ね、リラの枝を折っていたのだから。

僕は言いたくなかった、薔薇の花を食べる驢馬は——声から推《お》して——ひそかに僕の姉さんのアンナに思いを寄せる、フックスさんちの息子の靴屋だということを。
ねえ、アンナ、これはすべて僕の作り話かい。
（花も香りも）

野原、秋

サーカス団が去っていった、闘技者も熊使いも。秋はもう終わろうとしている。そこは小さな原、伯爵の炉端《ろばた》とも呼ばれているが、そこにはただサーカス団がいた気配が残るばかりだ、踏み固められた原、踏みしだかれた草だけが。野原のなかほどに穴がある。深さは一メートルほど、踏みつぶされたモグラ穴のあいだにあって、はっきりそれとわかる。ここに、このあいだまでテント小屋の柱が打ち込まれていた、根元は太く粗削りで、先端は細くしなやかだった。柱には旗が掲げられていた。穴のまわりは地面が掘り返され、草もなく、深みから引き出された粘土がのぞいている。これは、だれもが思いつくような去年の穴でも一昨年の穴でもない。だってサーカス団は来ては去るのだ、ジプシーと奇術師、軽業師と闘技者から成る小さな、どさ回りのサーカス団は、毎年秋になると、夏の終わりを祝うかのように、なにかおかしな異教の祭りのように、来ては去る。でも同じ団員、同じテントだったため しはないし、柱もまた同じではない。去年の穴は、テント小屋の柱が打ち込まれて いたあの穴は、もうまったく見えず、どこにあったのかさえも言えない、だって、 その穴はすでにふさがっていたからだ、怪我《けが》が癒《い》えるように、それどころかもっと 徹底して――傷痕さえ残さずに。土と、野草と、雑草が、おおってしまったのだ。 そう、この穴もじきに消えるだろう、雨に侵され、土に埋められ、そのあとしばら くは雪に隠されるが、春の温かな雨やにわか雨が降ると、その雨が土で埋め立て、 草でおおうので、まるでそもそも穴などなかったようになってしまう。そして、こ こで、桃色のテントの下で花を咲かせていた秋の儀式は跡形もなく消えてしまう。

　そして、もうどこにも、にぎやかな市日《いちび》の出店はない、どこにも曲芸師はいない、 猿のきゃっきゃという鳴き声も、のっそりした象のクオーンという吼《ほ》え声もない。 サーカス団は去っていった、来た日と同じように、唐突に。ある朝、早く、日も昇 らぬうちに、水夫のシャツを着た筋骨たくましい若者たちが、日ごとに息をのむよ うな芸当を見せてくれたあの若者たちが、杭《くい》を抜き、ワイヤーや綱をはずし、桃色 のテントを畳《たた》み、旗を立てた立派な柱を引き倒した。それから、それをみな大きな船に似た木の小屋に、手際よく片付けた。そして、静かに、まるで人目をしのぶように出発した。小屋の車輪が悲しげにきしみ、窓からは、揺らめくカーテンの傍らで、魔法の人魚たちが昼食の支度をしている様子が見え、煙突から立ちのぼる青い煙が、青い朝空に微《かす》かに見えた。動物は檻《おり》のなかで鳴き声をたてていた、ただ、象だけは、列の後ろから、大きな耳をばたばたさせて涼をとりながら、堂々と、大儀そうに身を引きずっていった。

サーカスが去って、ほんの一日か二日のあいだ、この場所はまだ、ここで起きたことのみずみずしい痕跡をとどめている。この広い空間には、テントがおおっていた円よりひとまわり大きいその場所には（踏みならされた地面ではっきりとその境界がわかる）、まだ金ぴかのビール瓶の蓋が、細かいレースで縁取《ふちど》りされて、花のように、秩序なく地面に散らばっている。濡れた煙草の吸い殻、齧《かじ》りかけの林檎、色あせた果物の種、踏みつぶされたソフトクリームのコーン、馬や人の足跡、サーカスの猛獣の乾いた糞、パンの皮、観衆が坐っていた古新聞、学童のノートから千切れた、絵の描かれたページ、煙草の空き箱、マッチ箱、破れた紙袋、その上を蟻《あり》が這っている。年老いた毛の長いサーカスの馬、ポニーが立っていた場所には、地面が蹄《ひづめ》で掘り返され、草は根こそぎにされ、ただ、踏まれてぐしゃぐしゃになった藁《わら》が、すっかり黒っぽくなって、見られるばかり。少し向こうには、猿のためのテントの跡がある、四角い高台、そこから四隅に、上のほうの樹皮を斧《おの》の耳で剝《む》いた、粗削りの樫《かし》のくさびがのぞいている。サーカス団が去ってまだ幾日もたっていないのに、緑の鋼《はがね》のばねのように、あとから、奇跡のように、草はもうところどころで立ち直りはじめている、まるで人間の足や馬の蹄がたった今そこを離れたとでもいうように。

この踏みならされた場所を囲むように、草が生い茂っている。香り高い草には、青や黄色の遅咲きの野の花、はじけてしまったホタルブクロ、葉先はもう色あせてはいるがまだ衰えぬ力の触手でかよわい花や青緑の草を窒息させながら、勝ち誇ったように繁茂する雑草が混じっている。これは、草の最後の勢い、根の最後のひと飲みだ。オオバコは、細かい実で飾られた黒みを帯びた茎を伸ばし、葉は縁《ふち》が黒ずんで縮みはじめ、葉先は鋭い獣の爪となって、たがいに突き刺し合っている。ここには目に見えない戦が続けられ、雑草の生い茂り勝ち誇った剣とその長い触手が突き出していて、花たちは、貪欲な草の飽くことを知らない攻撃にあいながらも、最後の力をふりしぼって生え、なにかしら強すぎる香りを放っているのだ。胸苦しいほど混ざりあった匂いと、戸惑うほど絡みあった色彩に酔いしれ浮かれて、蜜蜂や虫は、香りに満ちた戦場で、愚かしい羽音をたてる、金蠅《きんばえ》や雀蜂、ミツバチモドキや蝶々とぶつかりあいながら。身を膨らませ重そうなバッタが一匹、枯れていく葉の色をして、かすれた音をたてて野原を跳び、そしてふとってのろまな姿そのまま、もつれ合う草の茂みに落ちた。熟れた、野生の木の実のように。

野原はそんな様子だ、市日の終わったあとの人気《ひとけ》のない秋の野原は……

突然、西から、草のなかから父が浮かび上がる、ステッキを振りかざしながら。そして踏みならされた原の縁ぎりぎりのところで立ち止まる、猿のテントのあったあたりで。身を屈めると、厳しい専門家の眼差しで、花に見る秋の恐るべき影響を調べはじめる。それから、彼の視線は、この植物の世界からまったくはみ出した、しわくちゃの紙切れの上で止まる。その青白い倦怠は、秋の緑の盛んな生命力にはそぐわない。まず、ステッキの先で触れてみる、鳥が見知らぬ木の実をくちばしの先で触れるように、それから、身を屈めて紙切れを広げ、近視だったが、地面から持ち上げもせずに、紙切れのドイツ文字をひとつひとつ発音しはじめた。それは、引きちぎられたドイツ料理の本の一ページ、酸い葡萄酒《ぶどうしゅ》のソースの作り方だった。サーカスの芸人や闘技者が、ゴムのように柔らかな身体と鋼鉄の力をもった筋肉を保つために使っていたにちがいない。父は首を振る、怒りと嘲《あざけ》りを表すために、だって、明らかに、ドイツ料理の本に書かれていることに納得できなかったからだ。この本がどんなに無意味なものかは、この戦争に明け暮れる今、いっそう悲劇的に感じられる。父は、油を入れず、水と塩を加えただけの酸い葡萄酒のソースの作り方を知っていて、もう何度も試していた、もちろん、だれにでも手に入る香草や香辛料を加えるのだが、その名前はまだ秘密にしている。ほら、だから眉をひそめ、皮肉なうすら笑いを口元に浮かべて、読み続けている。それから文章を読むうちに、ますます自分の作り方のほうがすぐれていると思えてくるので、すっかり夢中になって、ページを裏返す、ドイツ文字の上に、斜めに、べったりとついた人糞のすでに堅くなった皮膜のことなど気にもとめずに。「へえ」と、父は叫ぶ。「さあ、諸君、これが君たちのサワークリームだ。これが君たちのドイツ・ソースなんだ」そして、このささやかな復讐に満足して、身を起こす、それから剣士のように正確に、ステッキの先でそのページを突き通した、いましばらく覚えとして手元においておこうとでもいうように。それから、ふたたび、丈の高い草のなかを歩きはじめた、腋《わき》の下に自分の植物標本集（パンノニア植物標本《ヘルバリウム・パンノニエンシス》）をしっかりと抱えて。そこには、高価な切手のように、押し花や野草の見本が挟まれていた、雛菊《ひなぎく》、オトギリソウ、山《やま》蓬《よもぎ》、サフラン、霞草《ジプソフィラ・ペニクラテ》……

婚約者

それは、彼の父がまだ酒をやりはじめる前のこと（後に母が語った二度の大酒の合間のこと）、彼、アンドレアス・サムが、まだ農家で働きはじめる前のことだった。つまり、戦争が始まって二年目か三年目のことだったから、少年はせいぜい八つか九つだった。馬車に揺られて、刈り取られたばかりの干し草の香りに酔いしれ、地平線の向こうに赤々と沈む太陽を眺めていた。

「こんにちは、サムの旦那《だんな》」と、農夫は言って、脂《あぶら》じみた帽子をとった。それはだから、サム氏、つまり彼の父が、まだ飲んでいなかった頃だった。

彼の父は堅い縁のついた帽子をとった。

「こんばんは。もう日が沈みますね」

「明日は風が吹くでしょうなあ」と、農夫は言った。「日が沈んでから西の空が夕焼けになると、風になるもんだ」

「ああ、そうですねえ」と、父は言い、のろのろと進んでいく馬車のあとをついていく。少年は父が自分に気づいたかどうかわからなかった。干した野生の白ツメクサの香りに目眩《めまい》がして、なにか力が抜けていく感じがした。突然、身震いし、干し草に身を埋めた。父とヘルマン氏は、彼のことを話している。父がこう言うのを聞いた。「ほんとうにまったく、たいそうな悪戯者になったんですよ」少年のことを指しているのは、すぐにわかった。だから、なにも言わずに馬車の干し草のなかにさらに身を沈めた。野生の白ツメクサとカミツレの重たげな香りにすっかり酔ったようになって。

「旦那」農夫が言う。「じきに女の子のスカートを追い回すようになりますぜ」

「なんですって？」と、父は言う。「じきに、ですって？　あの子は、何日か前に、恥ずかしくてとてもお話しできないようなことをやらかしたんですよ」

少年は一瞬にして父が「あのこと」を知っているのだと悟った。でも、いちばん胸が痛んだのは母が彼を裏切ったことだった。母は、父には言いつけたりしないと約束していたのだ。もう二度とあんなことをしないかぎり。

「だから申し上げるんですよ、旦那……」少年は二人の話すのが聞こえないように耳をふさいだ。干したカミツレのせいで目眩がした、それと恥ずかしさのせいで。
それは、こういうことだった。あの呪わしい出来事には、今でも顔が赤くなる。(三人称で続けよう。これだけ年月がたった今、アンドレアスは、もしかして、もう僕のことではないかもしれない)
サボーさんの家の中庭で、隠れんぼをして遊んでいた。サボーさんというのは、ユリアのお父さんのことだ。土曜日の放課後だった。ファルカシュが数えるあいだ、いっしょに、二人一組になって隠れた。オットーとマリカ、エミカ(ユリアの姉さん)とオスカル、ユリアとアンディ(アンドレアスのあだ名)。彼はもう前からユリアに熱をあげていた。学校では同じクラスで、二人とも優等生だった。彼は男の子のなかで一番、彼女は女の子のなかで一番。彼女は彼より字がきれいで、先生の質問にも彼より速く答えたが、彼のほうがいい絵を描き作文がうまかった。
アンディはよくサボーさんの家に出かけた、母がサボーのおかみさんとその娘たちのために、アンゴラのセーターを編んでいたから。だからよく立ち寄って、とくに冬は食べ物を少し借りたりした。戸口に立って言う。「わがきみいぇすさままりあさま」、そしてすぐに続ける。「ママからサボーさんにお願いがあるんですが、もし余分がおありで、ご迷惑でなかったら、パンを一キロお貸しください。古いのでも結構です。ママは、その代わり、お借りしている分は来年の夏にきっと働いてお返しすると申しています」

それから、麻の布巾に包んだパンを受け取り、（もう一度）お礼を言うと、母を喜ばせようと家に駆けて行く。でも、サボーさんの家に上がってゆっくりすることはなかった。

「一度、手紙を書くよ」と、彼はささやく。

二人は馬小屋に横たわっていた、藁の上に。庭からはファルカシュの嗄《しゃが》れた声がとどく。ごーご、ごーろく、ごーしち、ごーはち……

「なんて書くか知っているわ」と、彼女が言った。

「わかるもんか」と、彼が言う。

「知ってるわ」

そこで口をつぐまなくてはならなかった。馬小屋の扉がぎしぎしときしむのが聞こえた。

「ほら、藁のなかにだれかいるぞ」と、ファルカシュが言った。

二人は、まだ見つかっていないこともわかっていた。そして、しんと静かになった。ファルカシュがまだそこにいて耳を澄ましていることはわかっていた。それから、馬小屋の前の砂利を踏む、彼の足音を聞いた。扉は開いたままだった。

「わかるもんか」と、彼は繰り返した。

「知ってるわ」と、彼女が言う。

「あした、学校で渡すよ。宗教の教科書に挟んでおく。十三ページのところに」

「どうして、十三ページなの？」

「だって」と、彼は言った。

「いいわ」と、彼女は言う。「でも、その手紙になんて書いてあるか、知っているわ」

「だれにも言わないって誓うんだ」

「いいわ」と、彼女は言った。「でも、その手紙になんて書いてあるか、わかってる」

「わかるもんか」と、彼は言った。「手紙は読んだら燃して、灰を吹き飛ばすんだよ」

「どうして?」と、彼女は尋ねる。

「だって」と、彼は言う。「なにが書いてあったか、読まれたりしないためさ」

「もう、みんな見つかってしまったみたいだわ」と、彼女が言った。

「君が先に行って」と、彼が言った。「馬小屋にいたって言うんだ」

彼女は、藁の山を滑りおりて駆けだす。彼女の鈴のような笑い声が庭の奥でするると、彼もようやく藁を滑りおりる。

次は、彼が鬼になって数える番だった。けれども、そのあとすぐに、約束したみたいに、二人は同じ場所にいた。

「その手紙になんて書いてあるか、知っているわ」と、彼女は繰り返す。藁と同じ色の髪をお下げに編んで、ちょこんと上を向いたそばかすの鼻と大きな口をしている。干した野生の白ツメクサの香りがした。

「今、いい?」と、彼が言う。やっとのことで、それを口にした。「それ、今、ほしい?」

「わたし、怖いわ」と、彼女は言った。

「僕だって」と、彼が言う。

「だれにも言わないって、約束して」

「誓うよ」と、彼が言う。

「わたし、怖い」彼女は繰り返す。

二人は、ぴたりと寄り添って横たわっていた。彼女は目を閉じた。彼は、口づけした。頬にえくぼがあって、そばかすの鼻がちょこんと突き出ていた。彼女は野生の白ツメクサの香りがした。

「わたし、怖い」と、彼女が言った。

「僕だって」と、彼が言った。

長いこと藁のなかにじっとしていると、ファルカシュに見つかってしまった。

「アンディとユリアは夫婦だぞ」と、言った。

「うそだ」と、アンディは言った。

「二人は夫婦だ」と、ファルカシュが繰り返した。「いつもいっしょだもの」

「わたしたち、なんでもなくってよ」と、ユリアが泣き声で言った。

「それじゃ、どうして赤くなるのさ?」と、ファルカシュが訊く。「こいつら、なんでもなくって、どうして赤くなるのさ」

ユリアが泣きだして、すべてがばれてしまった。それからは、なにもかもおかしくなってしまった。アンディはファルカシュより強かったので、びんたを食わした。ファルカシュは駆けて行ってアンナに訴えた、アンディの姉さんに。

そこで、アンディは夕食に家に帰らないことに決めた。明日の朝食にも。けっして、家には戻るまいと。夏のあいだは川で魚を釣って暮らし、冬には村から村を回って百姓の家の手伝いをする。金がたまったら、小舟を買って、ツェティニェの祖父のところへ行こう。それとも、どこでもいい。ギャングか探偵になるんだ。どっちでもいい。

暗くなるまで、川岸に隠れていたが、冷え込んできて、ぶるぶる震えはじめた。寒さと恐ろしさとで。今頃、母とアンナはきっと村じゅうを探しているにちがいない。暗くなる前に家に戻らなければ、母は悲しみのあまり、ひょっとして死んでしまうかもしれない。そこで、旅はあと回しにして、村の近くまでやって来た。アンナの声がした、彼を呼んでいる。彼は、それに応えた。

「戻ってらっしゃい」と、アンナが言った。でも、彼が潜《ひそ》んでいた柳の木立に近寄ることはできなかった、彼が手に小石を持っているのを知っていたから。「出てらっしゃい、ママには言わないから」

「なにをママに言うのさ？」と、彼が言った。

「あんたがユリアの婚約者だってこと、言わないわ」

「ママに、僕はもう家には帰らないって言って」と、彼は言ったが、悲しみで胸が締めつけられる思いがした。

「ママ、泣くわよ」と、彼女が言った。

「ママに言ったの？」と、彼は尋ねる。

「いいえ」と、アンナは言う。「天に誓って、言ってないわ」

「もし、ママになにも言わないのなら、サンフランシスコには行かない。モンテネグロにも」

「ママには言わないわ」と、アンナが繰り返す。

そこに母も来て彼の名を呼びはじめる。アンドレアスは、目をこすり、深呼吸をすると、隠れ処《が》を出た。それからアンナにささやいた。「いいよ、ただ、あのことだけは、ぜったいしゃべるなよ」

しかし、母は、泣いたりすれば、すぐ気がつくのだった。

「わたしのおちびさんはどうして泣いたのかしら?」と、母が尋ねる。

「泣いてなんかないよ」と、彼は言ったが、泣いたあとのあの深いため息がふと漏れてしまう。

それから、泣きはじめた。もしも家出をしていたら、母はどんな気持ちだったろうと、思い出したのだ。

アンナは助け舟を出した。

「またサンフランシスコへ逃げようとしたのよ。それでなきゃモンテネグロのおじいちゃんのとこへね」

こうなっては泣いたことを認めないわけにいかなかった。なぜ泣いたのかも言わなければならなかった。もちろん、ユリアの婚約者になったことや藁のなかで彼女と寝たことは、なにがあろうと認めたりはしないだろう。言わなければならないことだけを、言った。ユリアといっしょに馬小屋に隠れたこと、そのことでファルカシュにからかわれたこと。それで、ファルカシュを殴ってやったこと。それで、おしまい。車輪にはりつけにされても、爪に挟んだマッチに火をつけられても、それ以上はけっして口を割らなかっただろう。

そして、母が彼の言い分を信じたと、アンナはなにも母にしゃべらなかったと信じていた。ユリアの婚約者になったことや、一切合財《いっさいがっさい》を。

それが今や、母がなにもかも知っているだけではなく、父にまで話していたことが、まさにわかってしまった、そうでなければ、父がどうして、彼（アンディ）は何日か前、恥ずかしくてとてもお話しできないようなことをやらかした、などと言うわけがあるだろうか。

だから今、両手で耳をふさぎ目をつぶっていたのだ、だから恥ずかしさと悲しみのあまり、死んでしまいそうな気がしていたのだ。干したての野生の白ツメクサの濃厚な香りに酔い、すっかりけだるくなっていた。

目を開けると、背の高い父が、杖を手に、堅い縁の黒い帽子をかぶって、馬車のあとを遅れて歩いてくるのが見えた。紫色の地平線にその姿がくっきりと浮かび上がっていた。

陽の当たる城

オレンジが迷子《まいご》になった、村一番の美しい雌牛《めうし》が。彼はなんとしても、雌牛を見つけ出さなくてはならない、ひと晩じゅう探し歩いても。モルナルさんはきっと許してはくれないだろう。オレンジはモルナルさんの雌牛のなかでも、一番の雌牛だ。だから森をくまなく探し、必要とあらば、もっと遠くまで探しにいかなくてはならない。ビラグに言って、自分の牛といっしょにモルナルさんのほかの牛も追っていかせ、モルナルさんに伝えてもらおう。「オレンジの姿が見えなくなったんです。まるで地の底に飲み込まれたみたいに」と。それから、こうも言ってもらおう。「アンディからモルナルさんへお願いです、どうか怒ったりなさらないでください。オレンジを見つけるためにはなんでもします、オレンジは身重《みおも》ですし、村一番の雌牛なんですから。それが、ほら、まるで地の底に飲み込まれたみたいで」と。それから、もっと言ってもらおう。「アンディは、明日の朝までにオレンジが見つからなければ、そのときはもう待ったりしないでくださいと申しております。旅に出て、二度と村には戻らないでしょう。どうか、モルナルさん、怒ったりなさらないで」と。サム夫人、つまりアンディの母には、泣いたりしないでと伝えてもらおう。「アンディは、旅に出ました、オレンジを逃がしてしまったからです」と。ただ気をつけて言ってもらわなくては、そうでないと、アンディのママは、そのとたんに死んでしまうかもしれないから。だから、ただこう言ったほうがいい。「アンディはオレンジを逃がしてしまいました。見つからないうちは、戻りません」と。ビラグにそう言おう。アンディも、ビラグが雌牛に逃げられたときはいつも力になってやったのだし。

オレンジが見つかって、このあいだみたいに、連れて帰るのが遅くなり、真夜中になったりしたら、モルナルさんになんと言えばいいだろう。オレンジは、そのあたりでほかの雌牛たちといっしょに草を食べていたんですが、いつのまにか、姿を消していたのです、まるで地の底に飲み込まれたみたいに、と言うんだな。

「おまえは、ちゃんと雌牛の世話をしてるのか」と、モルナルさんはアンディに言うだろう。「ちゃんと雌牛の世話をしてるのか、言ってみろ。いったい、森のなかでなにをしているんだ」と。

「なんにもしてませんよ、モルナルさん」と、言うだろう。「オレンジが身重なのはわかってますし、ほかの雌牛から離れるようなことは、けっしてさせてません。それが、まるで地の底に飲み込まれたみたいに」と。モルナルさんにはそう言うんだ、もし雌牛が見つかったら。

その瞬間、少年は、どこか茂みのなかで枝がぽきぽきと折れるのが聞こえたような気がして立ち止まった。息切れがした。

「オレンジ！　オレンジ！」

耳をそばだてる、息をひそめて。

どこか遠くで牛飼いの角笛が聞こえた。森にはもう闇が迫っていて、まもなく道が見分けられなくなるということがわかった。

「ディンゴ」と、少年は言った。「オレンジはどこだろう。教えて、オレンジはどこ？」

犬は彼の前に立ち、黙って彼を見つめていた。

「ディンゴ、僕たち、どうしたらいいだろう」と、少年は言った。

まっすぐ目を見つめながら犬に話しかけた。犬は彼の言葉を理解した。しっぽを振り、首をかしげ、くんくんと鳴いた。

「もしすぐオレンジが見つからなかったら、モルナルさんのとこには帰らないよ」と、少年は犬に語り続け、犬はくんくんと鳴きながら先に立って行った。

草ぼうぼうの小道を踏み分け、「皇帝の樫」のほうに進んでいった。

「おまえは、僕といっしょに来るんだ」と、少年は言った。「ベルキさんは、僕がおまえを連れ出したからって、そんなに怒らないさ。おまえが僕といっしょにいて、なにも不都合はないって、おじさんにはわかってる。考えてもごらんよ、おまえが僕を置いてきぼりにするなんて」と、少年は言った。「ひょっこり戻っていって、家の前で吠えるだろう。みんなが言うよ。アンディは、もう帰って来ないつもりのようだね、って。もちろん、ママやアンナの前では大きな声では言わないだろうけど。でも、おまえがいつか、ひとりで村に戻ったりすれば、きっとみんなそう思うよ」

犬は立ち止まり、くんくんと匂いを嗅いだ。

「ああ、神様」と、少年は言った、「どうか、オレンジを見つけさせたまえ」

ディンゴがくんくんと鳴き声を立て、少年には、それが真新しい兎の足跡か狐の巣だとわかった。茂みのなかをくんくん鳴きながら行く犬を、見失わないのがやっとだった。

「だからおまえと僕は、いっしょに旅に出るんだ。だって、考えてもごらん、おまえがひとりで戻ったらどうなるか、ママとアンナとベルキさんと、みんなおまえの前に立って、責めるように訊くよ。ディンゴ、アンディはどこだ。母さんは、おまえの様子で、すぐに僕が死んでしまったと悟り、倒れてしまうだろうし、アンナは髪を振り乱して嘆くだろう。ベルキさんは、僕の親戚だけど、みんなをなだめて言うだろう。ああ、サム夫人、気を確かになさい。まあ、これがいったいアンディの身になにかあったという、どんな証拠になるんですか。ディンゴはただ戻ってきただけですよ、おなかがすいたか、それとも、アンディが追い払ったのかもしれません。まあ、そんなふうに、ベルキさんは言うだろうよ、だけど怒ったりはしない。だって、自分でも僕が死んだものと思い込んでるんだから。そうでなければ、追いはぎに捕まったか、狼に引き裂かれたか、森の妖精に囚《とら》われたか、って。でも、べルキさんは、そんなこと思いもよらないという顔をするだろう、なぜなら、母さんやアンナがかわいそうだと思うから……。おまえのことはどう思うかって、みんなの前ではなにも言わないさ。ただ、ふたりきりになったときに、おまえを恨むだろう、ひょっとしておまえの鼻に唾をするかもしれない、おまえは僕を見捨てたんだからね。僕にはわかっているさ、おまえはそんなことするはずがないって、ただそう言ってみただけさ。『人、馬、犬』という本、覚えているだろう、去年の秋に僕が読んでいた本さ。覚えてるよね、ローマ街道のそばで雌牛の世話をしていたとき僕が読んだ本。あとでみんなに話してやった、ビラグやラツィカ・トットやベラ・ヘルマンや、みんなにね。そう、覚えているだろ、どんなにみんなお互いに忠実だったか、思い出してごらん。西部じゅうが、よってたかってもどうにもできなかった……ところで、もし狼に襲われたらどうする。おまえは二匹くらいなら相手にできるだろう。じゃあ、僕は？　どうだい、何匹くらい狼をやっつけることができるかな、アンディとディンゴがいっしょに森に残るとしたら。じゃあ、追いはぎに捕まったらどうする。おまえは、やつらが眠っているすきに僕の縄を解いてくれるね。あとは簡単だ、やつらが眠っているすきに、僕はピストルを一挺手に入れる。いや、ピストル二挺。両手に一挺ずつ。僕がピストルを使えないなんて思ってはいないだろうね。おまえは疑ったりしないよね。それから、やつらを警察に連れて行く。警察じゃびっくりして、長いこと僕らを取り調べる。それから、ママと僕の先生のリゴ夫人を呼ぶだろう。ママはひどく怯えるにちがいない、だって警察に呼ばれるということは、僕が死んで見つかったか、さもなければ、なにかとんでもない事件でも起こしたか、どちらかだもの。ところが、警察は、ママにおめでとうを言って、僕がとても危険で凶暴な追いはぎの一団を捕まえたって言うのさ、指名手配中の、もう何年も探しあぐねていた一団をね。それから、ママに賞金が渡される。大変な金額だ。三日三晩数えても、数え切れないくらい。でも、そんな大金は、子供に手渡すものではない、たとえ、とても危険な追いはぎの一団を武装解除したといってもね。そこでリゴ夫人がお金を数える。警察はリゴ夫人に、法律によって今までの僕の欠席をぜんぶ正当と認める義務があると言う。そして次の日、学校でこう言うんだ。アンディ、お立ちなさい、って。すると、ラツィとビラグは、先生が僕に庭から鞭《むち》を持ってくるように言いつけて、それで僕をぶつんだなと思うだろう。どっこい、先生は言うんだ。みなさん、本校生徒、アンドレアス・サム君は、とても危険な追いはぎの一団を捕まえましたってね。もちろん、サム君の犬も手伝いましたよ、犬のディンゴです、と言うだろう。ユリア・サボーは、僕の身にどんなことが起きても不思議はなかったと思うと、胸がいっぱいになって泣き出すんだ」

もう大声で話していた。犬のほか、彼の話を聞く者はいなかった。森はすでにうす暗く、梢《こずえ》の高みに群青色の空がのぞくだけだった。茂みを、犬のあとを追って、顔を手でかばいながら進んで行った。素足が、ときに苔を、ときに枯れ葉を踏んで行った。枯れ枝を踏んで、足の下でぱきぱきと音のすることもあった。少年は大声で話していた。森が急にざわざわと揺れはじめ、少年にはすべてが永遠に失われてしまったかのように思われた。牛飼いの声はもはやどこにも聞こえず、遠く聞こえていた牛の鳴き声もとっくに静まっていた。今ごろはもう、ビラグはモルナルさんの牛を追っていき、モルナルさんに思いつくまま話しているだろう、まだ申しあわせをする暇がなかったから。きっと良くないことばかり並べ立て、裏切ったにちがいない。去年、アンディが牛のゼミチカに乗ったのをモルナルさんに知られ、首にするぞと脅かされたときに、アンディを裏切ったように。つまり、あのビラグはなにもかもしゃべってしまったんだ。みんなが「伯爵の森」で番をしていたこと、焚《た》き火をしたこと、アンディがみんなに『銀の鐘号の船長』の話をしたこと。そのあと、日が西に傾きはじめ、近くのバクシャ村やチェストレグ村の牛飼いたちがもう牛を追って戻っていったので、牛を集めようとしたそのとき、アンディはオレンジがいないことに気がついたんです。モルナルさんは、きっと、こう尋ねるだろう。いったい、アンディが最後に牛を見回ったのは、いつ頃だったね、と。あのまぬけなジプシーのビラグは、アンディとベラ・ヘルマンが話しあって、その日は、ベラが自分の牛とアンディの牛、つまりモルナルさんの牛の世話をする、そしてアンディは『銀の鐘号の船長』の話を仕上げて、あとでみんなに話すことにしたんです、と言う。そう、ビラグはそんなふうに言うよ。ベラ・ヘルマンがオレンジがいないと言ったら、アンディはただ犬をやって牛を探させ、話が切れたところからすぐお話の続きを始めたんです。混血娘は船室に入ってくると、アレハンドロ・ヒヤベントに言った、私は嫉妬のあまり毒をあおることにしました、と。掌には、白い小さな錠剤をのせ、瞳をカリブの海のようにきらきらと輝やかせていた……

「どうしたらいいだろう」と、少年は大声で言った、犬に語りかけるように。くんくんという鳴き声のあとからほとんど手探りで歩いていく。「どうしたらいいだろう、森の妖精に魔法をかけられたら。ねえ、おまえがいっしょにいてくれて、ほんとによかったよ。僕の知るかぎりじゃ、森の妖精も魔女も、犬に魔法をかける力はないんだ。だから、お城を見つけたら、少し僕の後ろにさがって、なにが起こるかよく見ているんだよ。驚いちゃいけない、もう少しでそんなお城が見つかるかもしれない。ただ、怖がるんじゃない。それがほら、あの皇帝の樫の裏手にある伯爵のお城のようにきれいな古いお城だったら、そして光があたっていたら、それが森の妖精のお城だ。僕が逃げ出すと思うかい。とんでもない。もしかしたら、妖精がオレンジを連れ去ったのかもしれない、僕が探しに来て網にかかるようにね。妖精を見たら僕は、それが森の妖精だということを知らないふりをしよう。ただ、ていねいに礼儀正しくあいさつして、こう尋ねるんだ。申し訳ございませんが、お嬢様、オレンジ色のおなかの大きな牛をご覧になりませんでしたでしょうか。妖精は、いいかい、僕を誘惑するためににっこりすると、はにかんだ様子をしてお城に向かうよ。どうして妖精だとはっきりわかるか、知ってるかい。純白の、そう、絹のような、ただ、もっと薄くて透きとおった衣をまとっているんだ。だって妖精はいつも白い衣を着ているんだもの。僕はそれからなにも気がつかないふりをして、ただお礼を言って、どんどん歩き続ける、歩けるものならね。もしそこで目が覚めれば、それは夢だ。もし目が覚めず、歩こうとしても歩けないとすれば、それはつまり、魔法にかけられているということさ。そのときは、しばらく彼女のところで時を過ごすことになるけど、おまえ、怒ったりしないね。家に戻って、僕のおかあさんとベルキおじさんに、僕は死んではいない、森の妖精に魔法をかけられたんだって説明してみてね。心配させちゃいけないから。僕はそこに一年ほど残る、二年になるかもしれないね。ディンゴ、それがどんなにあぶないかわかるかい。命がけなんだよ。そこから逃げ出せた者はないんだ。それとも、そこがあまりにもすてきなので、思い出がみんな消えてしまったのかもしれないし、天罰がくだったのかもしれない。でも僕は逃げ出すよ。すばしっこいからね。どうやって逃げるかはまだわからないけど、きっと逃げ出す。ママのためにね。ママは僕が死んでないとわかると、待っていてくれる。ただ、おまえだけは、ディンゴ、あのお城が光のなかに輝いているのを見ても、怖がるんじゃないよ」

それから、突然、少し明るくなった。ふたりの前で、森がぱっと火事になったように見えた。少年と犬は、一瞬、立ち止まった。

「おまえのオレンジ、見つけてやったよ」と、ビラグが言った。「バクシャ村の牛飼いが連れてきてくれたんだ。オレンジだとわかったんでね」

空き地の真ん中に、夕映えのなかに、オレンジが立っていた、サワーチェリーのように、深紅のオレンジが。

「村一番の美しい雌牛だもの」と、少年は言った。「だから、わかったんだよ」

突然、少年は、雌牛が見つかったのが、残念に思えた。考えてみれば、ビラグはやっぱりモルナルさんにぜんぶしゃべってしまったかもしれないのだ。それに、もしかしたら、あのお城で、たっぷり三年過ごせたかもしれなかったのだ。

野原

川岸に沿って歩いていった、バクシャへ。盛りを過ぎたニワトコの香りの混じったオゾンを大気に感じた。真新しいモグラ塚は、かさぶたのように赤みをおびていた。そのとき、突然、陽が上る。草のなかでキンポウゲが燃えだした。カミツレの花が香りはじめ、野原は夥しい香りで重くなる。少年は、犬が桜草を噛み、鼻先から緑の汁がたれるのをながめていた。それから、少年も草のなかに腹這いになる、饅頭のように湯気を立てているモグラ塚の傍らに。彼は、まだ濡れたスイバの茎を歯で噛んでいた。

少年は裸足で、紺色の麻の半ズボンをはいていた。手の指のあいだには、疥癬《かいせん》がかさぶたになっていた。

(その頃は、いつか自分が小説を書くなど夢にも思ってみなかったが、ふとこんなことを思った。「ああ、この花にくらべたら、僕なんか儚《はかな》いものだ」)

ポケットのなかで青い戦時紙幣二百万を握り締めていた、棒状の硫黄《いおう》の代金を払うために。

医者の家の前で、鎖に繋《つな》がれた大きなセントバーナードがぴくりとした。食べすぎで、いらいらしていたのだ。

(僕は、嘘をつかなければならないのを知っていた。二百万なんて、実は、なんの値打ちもないのだ)

「どうしたね、君」と、医者は尋ねる。

ハッカ飴の匂いのする白衣を着ていた。

少年は手を差し出すと、指を広げた。

「疥癬なんです」と、少年は言った。

(こんなことは永遠に続くわけじゃない、と心のなかで思った。お医者さんは僕の診察を三十分もすればいい、それに帰り道の分を併せても、このいやな事はせいぜい一時間で終わる。一時間後には、いや、三十分もすれば、ケルカ川のほとりを家に帰っていく、そうすれば、先生、お芝居、嘘、恥、すべては過去となる。みんな、僕の背後の出来事になるんだ、セントバーナード犬のしっぽみたいに。なにもかもが過去になる。それまで僕はその二つの時間を区別したことなどなかった。そのとき、その日、医者のところで、僕はそれを知った。苦しいときには、その後に来ることを思わなくちゃいけない、と。それは、帰り道の野原みたいなものだ）

医者は習慣どおり、少年のために処方箋を書き、それから思い直したようにびりびりと破り捨て、二本の硫黄の棒をセロファンに包んでくれた。すると、少年はごくりと唾を飲み込み、心のなかで歩いていた野原から戻ってくる。

「先生、おいくらになりますか」

「いくらお金があるんだね」と、医者は訊く。

「二百万です、先生」と、少年は答える。

（もう、野原に沿って歩きながら、釣り鐘草の花を棒切れで切っていた。医者の邸宅も犬も、すべては彼の後ろにあったのだ。そして、そうしたくとも、その時間をふたたびつかみとることはできなかった。ただ、自分のしっぽに嚙みつこうとする犬のように、ぐるぐると輪を描くことができるだけだ）

「二百万でなにが買えるかね、君」

「知りません、先生」

(彼は、知っていた。卵一個。それがやっとだ)

「なんにもだ」と、医者は言う。

(少年はもう自分の家のすぐそばまで来ている。もう丸木橋のところまで来ていて、まるで時のように水の流れゆく様を、一瞬、眺めた)

川辺に沿って、つまり、村に向かって歩いていた。勝利者のように。片方のポケットのなかで青い戦時紙幣二百万を握り締め、もう一方のポケットのなかでは、セロファンに包んだ二本の硫黄の棒を握り締めて。

もう、見えた、姉さんのアンナ、そして扉の前に立つ母が。アンナは指のあいだに血を滲《にじ》ませている。

二本の硫黄の棒をテーブルの上に投げ出すと、こう言う。

「ラードと混ぜあわせること。夜、就眠前に、塗布すること」

それから一瞬、(わざと)忘れていたが、また思い出す。お札もテーブルに放り出す。

「これはいらないってさ」と、言う。「ぜんぜん価値がないからね。先生も、なんの値打ちもないって知ってる」

でも、その前に、丸木橋の上で立ち止まり、水の流れゆく様を眺めるだろう。ブリキの器のなかで硫黄をこねる母の姿を思い描いていた。まるで卵の黄身のように。食べてみたくなるだろう。

川辺に沿って、村へ帰っていった。時間を打ち負かした者、花と野原にくらべたら、儚い少年が。

虱《しらみ》とり

「アンディ、授業のあと残ってね」と、リゴ夫人、つまり彼の先生が言った。アンドレアス・サムとは言わなかった。ただ、アンディとだけ……ということは、また先生の鶏小屋を掃除しなければならないのだ、ここ二、三か月掃除していなかった。

机をがたがたさせてみんなが帰っていくのに、彼は恥ずかしそうに坐って、仕事のあとリゴ夫人に食べさせてもらうご飯のことを思った。もちろん、その前によく顔や手を洗わなければならない。木切れで爪垢を掃除し、口をすすがなくてはならない。

けれども、その前に、手を洗う前に、来るものについて、考えないわけにはいかない。乾いた鶏糞が舌にくっつき肺に入る。鼻孔に埃が貼りついてしまう。箒《ほうき》で掃き、膝をついてごしごしこする。息が続かなくなると、屋根の瓦《かわら》を二枚持ち上げ、そこから顔を出す。ぼさぼさ頭とひょろ長い首が鶏小屋から突き出て、まるで野生の茸《きのこ》だ。唾は鶏の真新しい糞のように、どろっとして黒ずんでいる。

それから、ずらした瓦をもとに戻し、後ろ向きに這って出る。足に梯子《はしご》の踏み段がさわると、両手で古い洗面器を取る。縁は欠《か》け、ほとんどホウロウが剝《は》げた洗面器は、灰のような色をした堅くなった鶏糞がたっぷり入っている。毛の抜けた箒を庭の奥の便所の隅に立てかけ、糞は薔薇の花壇に空ける。

秋だ、薔薇はもう散りかけている。落ちた花びらが、枯れ葉の上で色褪せていく。一輪の深紅の薔薇が燃えている、沈みゆく太陽のように。その香りが瞬間、鼻孔をくすぐり、少年は薔薇に鼻を当てる。薔薇は、一瞬に散る。空気が乾燥した赤いパプリカの匂いに香る。

それから、薪小屋の脇の長い桶《おけ》で顔や手を洗う。はじめのうち水は澄んでいて、そこに雲が白く映っている。もっと体を曲げると、自分の顔が見える。桶の底には、濃い緑のビロードが敷かれている。

顔を桶のなかに潜らせる。

鶏の虱が水に泳ぐ。

口のなかは、羽がよくむしられていない若鶏の焼いた股肉の味がする。それから、ガラス戸をノックする（想像ではない、ほんとうにノックする）。アティラが開けてくれる、リゴ夫人の息子で、同級生だ。少年は絨毯《じゅうたん》の上を素足で歩いていく、絨毯はビロードのようで、あの桶の底を思わせる。台所で夕飯が出る。テーブルには、牛乳の焦《こ》げたような臭いのチェックのオイルクロスがかかっている。皿にはカリカリに焼いた豚の皮がのっている、少し乾きすぎだ。白い陶器の器には、真っ赤な林檎、それにオレンジが一個。

空腹なのに、食べられない、みんなが見ているからだ。脂っこいひと切れを口のなかでもぐもぐさせる、テーブルの下で何度も足の場所を移す。見えないが、わかっている、コンクリートの床に彼の湿った足の裏のあとがつくのだ。明日お腹がすいたら、残念な気がするだろう。

目を閉じると、オレンジは薔薇に似ている。

立ち上がると、礼儀正しく礼を言う。

リゴ夫人は、少年が食べきれなかった豚の皮を袋に入れてくれる。そして、林檎もひとつくれる、その林檎を少年はどぎまぎして懐《ふところ》にしまう。

目を閉じると、オレンジは沈んでいく太陽に似ている。

それからしばらくして、家で。ベッドにうつ伏せになっている、裸で、頭だけが布団からのぞいている。母と姉のアンナが、少年の髪の虱をとっている。シャツの縫い目も。母が虱を爪でつぶしながら髪の毛をかきわけるうちに、彼は眠りに落ちていく、急に、気を失うように。なぜかは知らないが、泣けてくる。だが、泣く力すらないのだ。自分の家と枕の臭いだけを感じて、花壇に散った赤い薔薇が意識のなかに浮かびあがる。その薔薇は一瞬、意識のなかで輝き、その輝きの激しさに、強い光に射られたように目をつぶると、薔薇の香りを感じることができる、それは赤いパプリカの香りだ。

そして、はっきりとわかったのは、それが最後だった。その思いがけない香りと光。その紅の輝き。

瞼《まぶた》が閉じられると、眠りは、気を失うときのように、急に、少年の体を揺さぶる。はるか彼方から、薔薇の園のあたりから、姉のアンナの声がまだ聞こえている。

「見てよ、こんなところにもぐり込んで、憎らしい。腋の下までよ。ここなら見つからないとでも思ったのかしら」

きのこの話

「ここじゃ、だれも探したことがなかっただけさ」と、少年は言った。

「まあ」と、サム夫人はわくわくして、草の上に松かさをあけた。

三人は伯爵の森の出口にある、空き地に立っていた。太陽が赤い光を枯れ葉や松葉に注いでいる。すえた干し草の臭いと森の松脂の香りがする。

「ここまで、だれも探しに来なかったのさ」と、少年は繰り返す。

しかし、だれも、その場から動かなかった。なにかに驚いたように、立ちつくして眺めていた。空き地の縁に沿って、あたり一面、大きなきのこが生えていたのだ、つやつやでパンみたいに茶色のきのこが。

「ここを通ったときには、なかったわね」と、アンナが言う。

「ええ」、サム夫人がさとすように言う、「イグチタケはほんの数時間で大きくなるのよ。とくに、雨のあとなんか」

「僕たちが、皇帝の樫のところにいたとき、雨がふってたね」と、少年が言う。

「ええ」と、サム夫人は言った。「西の空に、稲光りがしてたわ。ここをにわか雨が通ったのよ、きっと」

「地面がまだ湿ってるみたい」アンナはそう言うと、腐った木の葉の層を足で掻きおこしてみる。

でも、まだきのこを採ろうと動き出す者はなかった。立ったままじっと見つめていた。目の前できのこがみるみる生えてくる、そんな気がした。まるで、不思議なミミズかなにかのように、どこか深いところから掘り進んできて、それから、落ち葉の層が盛り上がるのを見ているようだ。そうして、地下から、焦茶《こげちゃ》色のすべすべした笠が姿をあらわす、こんがりと色づいて膨らむパンのように。

はじめは、軸を隠している湿った落ち葉を指で掘り返し、注意深くつみ取った。それから、急に、だれかよその人があらわれそうな気がして、つかみ取り、へし折り、松かさを捨てたあとの南京袋に、詰め込みはじめた。秋のあいだずっと、冬焚《た》くための松かさを集めながら、森をくまなく歩いていたが、きのこが見つかることなど、めったになかった。

「あのね」と、少年は言った。「モルナルおじさんはね、朝の三時に起きてどこか遠くへ行くんだよ、ケステリ村のあたりまで行くんだと思うけど。きのこは、ふつう、森のずっと奥に生えてるからね」

「このこと、だれにも言っちゃだめよ」と、アンナは叱るような調子で言った。「すぐにぺらぺらしゃべったりするんじゃないのよ」

「そのとおりね」と、サム夫人が言う。「皇帝の樫の裏手で見つけた。そう言いましょうね」

「モルナルおじさんはね、みんなイグチタケを採る自分だけの場所があるって言ってたよ」と、少年は言った。「それはだれにも教えないんだってさ」

「だれかが気がついたりしなきゃいいけど」と、アンナが言う。「ここは、道のすぐわきなんですもの。だれかの牛がちょっと来ただけで、おしまいよ」

「どうやって干すのか、サボーさんの奥さんに訊かなくちゃ」と、サム夫人は言った。「冬にそなえて蓄《たくわ》えをつくっておかなけりゃね」

「ただ刻むだけさ、こんなふうに、縦に」と、少年は言った。「それから、白いシーツに並べて乾かすのさ。モルナルおばさんは、屋根の上に干すんだ」

「屋根の上ですって」アンナは、疑わしそうに言う。

「そうだよ、鶏小屋の屋根さ」と、少年は言う。「まず、シーツを広げて、それから刻んだきのこを並べるのさ。日が沈んだら、とり込む。それだけのことさ」

あまり小さいのは採らなかった。もっと大きくなるように残しておいた。

「いいわね、だれにも言っちゃだめよ」と、サム夫人は繰り返した。「だれかに訊かれたら、皇帝の樫の裏手で見つけたことにするのよ」

「私、ぺらぺらしゃべったりなんかしないわ」と、アンナは言った。

「人によっちゃ、ただきのこを見ただけで、どこで採ったかすぐわかるんだよ」と、少年が言った。「ちょっと見るだけで、みんなわかっちゃうんだ」

「あんなこと言うのはね」と、アンナが言う。「モルナルさんに自慢してみせたいからよ。それから、あのジプシーのビラグにもね。この頃、つきあいはじめたのよ」

「この子ったら、ビラグと仲良くしてどうするつもりかしらねえ」と、サム夫人は言った。

湿った牧場を横切って近道をした。村の向こうの西の空に、夕焼け雲がわき上がっている。三人はその雲を見た。そして、黙々と、湿った草の上を歩いていった。最初は、サム夫人が南京袋を担いでいった。次に、アンナが手伝った。アンディは、ふたりの前を歩いていった、できたばかりのもぐらの穴をかえでの棒でつつきながら。

「こんばんは、サムの奥さん」と、ホルバットじいさんが言った。「きょうはまた、ご精が出ますな、皆さん」

「こんばんは、ホルバットさん」サム夫人はそう言うと、南京袋を別の肩に担ぎなおした。

老人は、足元に転がり落ちたきのこを、杖の先に突きさした。

「やれ、やれ。この毒きのこ、どうするつもりじゃね」

「どうして、毒なの、ホルバットさん」と、少年は尋ねた。

「悪いことは言わない、サムの奥さん」と、そのお百姓は言った。「これはすぐに捨てちまうんだな。それもわしの畑じゃなくて、川にな、村の向こうの……やれやれ、わしの来るのが、ちょっとでも遅れとったら、このまっとうな家族で生き残るのは、あの頭のおかしな親父さんだけになるとこだったわい」

サム夫人は南京袋を地面におろすと、なにか言おうとした。でも、なにも言わなかった。ただ、少年の手を引くと、三人で川へ向かった。

猫

裏のリラの茂みのなかに、少年は四匹のまだ目の開かない子猫を見つけた。にゃあにゃあ鳴く様子から、だれかに母猫から引き離されたのだ、その母猫はきっと村はずれで子猫を探している、屋根の上で泣きながら、ということはわかったが、それでも、お嫁に行きそこなったよその猫とか、子供のできない猫とか、やさしい心ならどんな猫でもいいから、子猫たちを引き取ってくれないだろうかと思った。

本当を言えば、少年はスグリを盗みに庭に入り込んだのだ。茂みの下で仰向けになって、葉をひきちぎっていた。頭上には赤い実がイヤリングのように垂れていた。実の下のほうには細かな泥の滴《しずく》がかかっていた、昨夜は雨が降ったのだ。スグリはリラの生け垣のすぐ横にあった。

子猫たちには、少年の姿は見えなかったが、なにか巨大な雄猫が近づいてくるように思われた。少年がスグリを盗みながら鳥の様子を窺っているとは知らなかった。ほんの小さな子供のように、子猫たちはきゅうきゅうと泣いていた。

少年は家に駆け込み、空き缶にパンとミルクを少々入れると、順番に子猫の鼻づらを空き缶につけてやった。子猫たちは、きゅうきゅうと力なく泣いただけだった、やにだらけの目を細くして。

それは夕暮れどきだった。

朝早く、モルナルさんの牛の世話をする前に、つまりたいそう早く、少年は家の裏手の庭に確かめに行った、子猫たちがどうなったか、夜のあいだにお嫁に行きそこなったよその猫とか、子供のできない猫とか、やさしい心ならどんな猫でもいいから、子猫たちを引き取ってくれなかっただろうか、と。猫たちは朝露に濡れて震えていた、それだけが生きている印だ。空き缶はそばに置かれたままだった、手をつけられぬまま。ただパンだけが膨らんでいた、ミルクを吸って。

「この世に正義はないのだ」と、心のなかで少年は言った。「人間にも、猫にも」

それから、傍らの大きい石を見つけ、それを持ち上げるといきなり落とした。一匹の子猫がゴム人形のようにきゅうと声をたてる、頭は石の下敷きになった。手だけがはみ出すようにのび、引きつった。爪のあいだに桃色の扇が開く。石を持ち上げると、血に汚れた猫の頭と裂けた瞼の下の金緑の瞳が見えた。少年は悲鳴をあげたが、また石を持ち上げた。

全部、殺してしまうのに一時間かかった。

(目の前の少年は顔を紅潮させ、怯えた様子で、まるで気分が悪くなったように、震えながら立っている、モルナルさんはそれを見て、なにも言わなかった)

子猫たちを葬ったのは夕方になってからだ、リラの生け垣の傍らに。子猫たちといっしょに石も埋めた。なんの印もつけなかった。

梨

農夫が木に登り、枝を揺すると、梨の実はざわざわと草の上に落ちてくる。よく熟れた実は割れ、そこから熟した無花果《いちじく》のような色の黒みがかった中身がぐしゃりとはみ出す。そこを目指して蜂が寄ってくる、甘さに誘われて。村の女たちは汗のすえた臭いをさせながら、日焼けした腕で実をもいでいく、熟れすぎていない、みずみずしいのを選《よ》って。

午前中ずっと麦の穂を集め束ねていた少年がひとり、梨の実を鼻先に持ってきては、ちょっと齧ったり、蜂がたからぬように遠くに放りなげたりしている。

「ほら」モルナルの奥さんが言う、少年の新しい女主人だ。「ちびのサムったら、梨の実を選り好みして、言っちゃ悪いが、鼻でくんくん犬みたい。犬といっしょに狩りに連れてかなくちゃ。どうせ、犬も足りないし」

馬

少年は、木箱の上に仰向けに寝て、天井に流れる煙の雲を見つめていた。煙のあいだから時々、黒く油染みた梁《はり》が姿をのぞかせ、そこから黒光りのするねっとりした煤《すす》が滲み出てくる。風が吹きつけるとブリキのレンジから煙がぱっと舞いのぼり、一瞬、高く細い煙突のまわりを漂う、きのこのように。灯油と潤滑油を満たした石油ランプの明かりが煙のカーテンを透かして見える、パチパチと音を立て。濡れた土間は馬の小便の臭いがした(ここで数年前まで、馬が飼われていたのだ)。この場所は掘り返され、蜜蠟《みつろう》のように新しい黄色い粘土で打ち込まれてはいたが、それでもまだぷんと臭った。湿気は土壁を這い上がり、酸のように侵食していた。

外は雪が降っていて、風は窓の割れ目や扉の下から無数の針のような結晶を送り込むのだった。レンジのなかでは湿った松かさがしゅうしゅう音をさせていた、まるで熱い唇に唾が吹き出してきたように。

「この煙で、よく、くたばっちまわないもんだなあ」と、兵隊が煙で見えなくなった目をこすりながら言った。

「僕たち、慣れっこになっちゃったんだ」と、少年は言った。「毛布をこうやって下のほうに広げるんです、少しは暖かくなりますよ。煙も少ないし」

兵隊は、口髭をたくわえた丙種徴集兵だったが、少年の横に毛布を広げ、びしょ濡れの鞍《くら》を繕《つくろ》いはじめた。少年はその横で堅い木箱の上に横になっていた、父親の古い外套にくるまって。震える体で、目を閉じ、野鳥狩りの猟犬のように鋭い嗅覚だけで、病でうとうとしながらも、まわりの出来事を見守っていた。馬の小便の酸っぱい臭い、新鮮なパン種の匂いのような湿った粘土の匂い、すえたような灯油の臭い、森の松脂のすがすがしい香りの流れ。それから、兵隊が運んで来た家畜小屋の臭い。(それは野営地に配属された馬丁の一人だった)

突然、扉の前でだれかが靴の雪を落とす音が聞こえた。それは、もう一人の馬丁だった。半開きの扉から顔をのぞかせて言った、まるでトルコ帝国の陥落《かんらく》でも伝えるように。

「サルタンが倒れたぞ」

少年は、急に身を起こす。兵隊は、曲がった針を鞍に刺すとあわてて外に出た。少年はあとに続いた。

家畜小屋のなかで、石油ランプの炎がまるで怯えたふくろうのように揺らめいた。サルタンはわき腹を下にして、薄く敷きつめたおが屑に横たわっていた、身動きひとつせず。目は深い紫色で、そこに星はなかった。ただ、額の銀色の半月はまだ輝いていた。

「おい、サルタン」と、兵隊が馬の尻を叩いた。「頑張るんだ、サルタン」

サルタンは体を硬直させて横たわっていた、倒れた記念碑のように。

それから、先輩の兵隊が言った。

「おい、明日になりゃ、俺たちは少佐に怒鳴《どな》られるぞ。さあ、おまえが少佐に、干し草はないって証明するんだぞ。少佐ときたら、盗め、とくるんだからな、ひねり出せ、ひねり出せっとな。どうやって、ひねり出すんだ、どうやってひり出すんだ、畜生、くたばりやがれ……盗んではいかん、しかし馬には干し草がなくちゃいかん、とぬかしやがる。たとえ、われわれ全員が死んでも、となそんなこと知ったことかい。さあ、いいか、おまえがあいつを納得させるんだ」

それから、馬のあばらを軍靴《ぐんか》で蹴った。サルタンは、ただ力なく頭を振る。

「こいつだって、長くないぜ」と、若いほうの兵士は言って、ブーラの尻を軍靴で蹴った。雌馬はか細い足で、ぐらりと揺れたが、踏みとどまった。

「さあ、今度はおまえがあいつを納得させるんだぜ」口髭の兵隊は悲しげに言う。

「ひり出せ、とくるんだからな、ひねり出せとな」

「こいつらには支えがいるな」と、若いほうの兵士は言った。「少佐に、こんな様子を見せちゃまずいぜ」

それから、急いで綱を取ってくると、天井の梁に通した、雌馬の上のあたりだ。一本の綱は前足の後ろ、腹のまわりに通し、もう一本は尻の前に通した。それから、綱を引き締めた。少年は石油ランプを持っていた、凍えた指で炎を守りながら。

サルタンの記念碑のためには近所から兵隊を幾人か集めてこなければならなかった。また、綱を梁にかけ、次いでサルタンの腹の下と前足の後ろに通した、さっきと同じように。兵隊たちは声をあわせて叫びはじめた。「ホー、ホー、ホー」そして、馬はゆっくりと身を起こした、硬直し、青銅のように緑だった。

朝、少年は家畜小屋に駆けていった（ここは、昔も家畜小屋だったが、あとから物置になって、少年の叔母は大きな暖炉のためのおが屑を入れていた）。家畜小屋は寒かった、霧が天井のあたりに忍び込んできた。馬たちは空中に浮かんでいた、冬の朝の記念碑のように。ブーラの頭は硬直し、首のあたりからぶらりと垂れて地面にとどき、鼻づらがおが屑に同じ一文字を描いていた、風に揺られて。サルタンの頭は、高い横木の隙間に挟まっていた、飼い葉桶の上のほうに、ひと握りほどの湿った干し草があって、そこから消えた半月が微光を放っていた。

しばらくして少佐がやって来た、肩で息をして、怒りと寒さで顔を紅潮させて。馬丁たちは膝まで雪に埋もれて少佐の前に立っていた、気をつけの姿勢で、寝不足で腫れぼったい顔をして。少佐は軍法会議にかけるぞと脅す。書記は、民間の獣医が言うとおり記録を作成した。それから少佐は従卒を従え去っていく、悪態をつきながら。兵隊たちは無言で家畜小屋に入ると、綱を緩めた。ブーラは薄いおが屑の上に倒れた。次いでサルタンの記念碑を倒した、まるで革命のように。

「くたばれ」と、口髭の兵隊が言った。「おまえがくたばっちまうのはわかっていたさ」

老いぼれ馬の腹が青銅のように響く。

兵隊たちは死肉を橇《そり》に積み、馬の墓場へ引いていく。橇を引くのは老いぼれ馬で、じきに自分も墓場へ行くことが目に見えていた。橇のあとを見送って悲しい心のひとりの少年（アンディという名の）と、ディンゴという名の一匹の犬の足跡が続いていった。

遠くから来た男

三日三晩かけて、僕たちの家の前を兵隊が通り過ぎていきました。いったいどれほどの数の兵隊か、想像がつきますか、あなたの家の前を三日三晩、ひっきりなしに兵隊が通り過ぎていくとしたら。歩いていく兵隊、馬車で行く兵隊、馬に乗る者、トラックに乗る者。三日と三晩。僕はそのあいだずっと、リラの花影にじっとたたずんでいました。最後の兵士がそこを通ったのは、三日目の午後のことでした。ほかの兵士からずっと遅れて来たのでした。頭に包帯をして、肩にオウムをとまらせていました。その兵士が通り過ぎてから、僕はやっとリラの花から抜け出して通りに出ました。三日ものあいだ、兵隊が村を通り過ぎていったことを思わせるものなど、なにもありませんでした。そう、たとえば、この静けさのほかには。

村を通り過ぎていく兵士がもう一人もないのが、僕にはちょっと残念なくらいでした。家の前を三日三晩も、兵隊が通っていけば、すっかりそれに慣れてしまうでしょう。そのあと、すべてが虚《うつ》ろに感じられるものなんです。馬を走らせる者はなく、アコーディオンを奏《かな》でる者もない。

そのとき、村のはずれを見ると、砂煙がもうもうと上がるなかから、馬車が姿をあらわしたので、僕は、また軍隊が来たのかと思いました。でも、それはたった一台の、おかしなくらいちっぽけな馬車だったのでした。馬車には二頭の子騾《ら》馬《ば》がつけられていました（実はおとなの騾馬だったと、あとからわかるのですが）。砂埃のために、すっかり色が変わってしまって、子騾馬とか騾馬とかというよりは、むしろ二匹の鼠に似ていました。小麦粉の袋から這い出してきた二匹の鼠に。

村にはそんな時間に通りに出て、通りかかる人をだれかれかまわずじっと眺めている者などありませんでしたから、その男は僕に話しかけることになったのです。なにかしら異国の言葉で言ったのですが、どうも、よくわかりません。ただ、ひとりの男とひとりの女が、はるか遠くからこんなに小さな馬車に揺られてやって来れば、きっと水が要《い》るにちがいないということだけはわかっていました。僕はそれで、こう言ったのです。

「きっと遠くから、来たんでしょう」

　僕は知っていました、そう言ったらきっとわかってくれると。いつだったか父が教えてくれたんです、違う言葉を話す人間でも真心と知恵があれば、なんとかわかりあえるものだと。そんなときには、ただ、ゆっくり、よく考えて話せばいい、もちろん、難しいことは訊かないことだ、と。だから、僕は、たいそうゆっくり、ごく簡単に、遠くから来たのですかと尋ねたんです。そして、ふたりが来たほうを、なんとなく手振りで示しました。こうして言葉の意味を強めようとしたんです。

「兄さん」と男は車から降りながら言いました。「まあ、遠いとこからやって来て、先を急ぐってことさ。そう言えば、たくさんだ。さあ、教えとくれ、どこで騾馬に水を飲ませてやれるね?」

「この騾馬、子供かと思った」と、僕は言いました。「でも鼠そっくりですね。水なら、うちの庭に寄ってもらってもいいですよ」

　そこで、男は、騾馬の耳をつかむと、馬車をうちの庭に引き入れました。僕は家に駆け込むと、母に告げました、遠くから来た人が家に立ち寄った、ちゃんと話は通じるけど、どうも外国人みたいだと。それからバケツをとると、庭の隅の井戸から水を汲んで運びました。従兄弟《いとこ》たちが強制収容所に連れて行かれたままなので、僕がひとりきりで庭と家畜小屋の仕事をまかされていました。僕は、そこで男の人に言いました、騾馬を馬車から外してもかまいませんよと。

男が顔を洗っているあいだ（女は、ずっと馬車に坐ったままでした）、どこか途中で、ひょっとして、父を見かけやしなかったかと尋ねました。男は遠くから来たのです、道すがら、たくさんの人に出会ったでしょう。僕は、男に言いました、父は背が高くて、すこし猫背で、堅いつばの黒い帽子をかぶって、鉄縁の眼鏡をかけ、石突きのあるステッキを持っているんです、と。「二、三年前に連れていかれて」と、言いました。「それっきりなんの便りもありません」

たしかに、途中で大勢の人に会った、だって遠くから来れば、道すがら、たくさんの人に出会うものだからと、男は言いました。「なかには、そんな黒い帽子にステッキの人もいたしな」と言うのです。「そのうちのだれかが、あんたの父さんだ、まちがいない」と。

「歩き方がちょっとおかしかったんです、偏平足だったから」と、僕は言いました。そして、その男が出会ったという黒い帽子にステッキの人たちのなかで、歩き方がちょっとおかしな人はいなかったかと訊きました。

「たぶんね」と、男は言いました。「俺が見かけた人のなかには、ほんとにべた足の人もいたろうよ。何か月も旅をしていれば、そりゃ、おかしな歩き方をする奴にも出会うじゃないか」と。

「家から出ていったときには、フロックコートを着て、黒地に白の縞ズボンをはいていました」と、僕は言いました。「髪を真ん中で分けて、堅い芯の入ったスタンドカラーをつけていました。そんな人を、ひょっとして途中で見かけませんでしたか」

「ああ」と言って、男はにやっとしました、僕が大ほら吹きか、とんだおどけ者だと思ったんでしょう。「そういえば、そんな人を見かけたな。堅いつばの黒い帽子をかぶって、鉄縁の眼鏡をかけて、ステッキかなんかを持っていたなあ。おかしな歩き方で、黒のフロック着て、黒地に白の縞ズボンはいてたっけ。堅い芯の高えりをつけてたな。それはさ、今からちょうど四年前、ブカレストだったね。その男はね、兄さん、日本の重工業大臣だったよ」

ビロードのアルバムから

1

……森は急に闇に包まれた。不思議な予感になぜか胸騒ぎがして、母は僕たちの手を引っぱった。僕たちは松かさでいっぱいの南京袋を交替で引きずっていた、この豊かな実りを、僕たちの秋の悲しい収穫を落とすまいと。母の予感に狂いはなかった。村外れまで来ると、親戚の家に明かりが灯っているのが見えた。ガラス越しに、幽霊のようにさまよう光が目に入った。僕たちはぞくっと身震いした。母は父の帰りを待ち望んでいたのだろうか。母のやさしい心は、すべてを赦していたのだろうか。まさに、そうだった。だって、僕たちが迷信めいた怖れを微かに感じながら庭に入ったとき、そして、レベッカ伯母さんの扉をたたいたとき、母はしりごみしたからだ。疑いもなく、父がなかにいて、親戚一同が集まっているものと思っていたのだ、すでに種族全体の共通の苦しみと受難の道によって和解した親戚が。けれども、家にいたのはレベッカ伯母さんだけで、その様子は僕たちを不安にさせた。最初、僕たちは、驚きのあまり言葉を失った。ああ、神様、なんという変わりようだ。かつてのあの豊かな髪の伯母の姿は見る影もなく、黒い髷《まげ》はほつれ、灯心のかたちのもみあげは炎のなかで燃えつきてしまったようだ。伯母は重たい七枝の燭台を両手で持って立っている。一本だけ白いステアリン蠟燭が燃えていて、残りの分枝には蠟燭がないその燭台を見ると、僕たちは不思議な気がした。たった一本だけ蠟燭が灯されたその燭台がそこに置かれていたのは、疑いもない、消された炎、灯されぬ蠟燭の空しさで、レベッカ伯母さんが僕たちにこれから告げようとするものを示すためだ（伯母は油気のない髪の頭を振った、ゆっくりと、厳かに、さまざまな意味を込めて、まず左に、つぎに右に、それからもう一度、さらにゆっくり）。そう、父はいないのだ、と。それは安堵の時か、それとも僕らの心を奪った無言の絶望なのか？　父は死んだ。いずれにせよ、僕は父の死については完全に疑っていた。レベッカ伯母さんはほんとうのことを語ってはいないと信じていた、たしかに彼女の様子にも頭の動かし方にも、どこか悲劇的な調子があったけど。ともかく、僕にはそれが大掛かりなペテンに思われた、レベッカ伯母さんはいちばん痛みの少ないやり方で、ゆっくりと首を振ることで、父を消してしまいたいのだ。伯母はぐっと顔を近づけ（目が悪くなっていたので）、蠟燭の炎を僕たちの頰のあたりにかざし、それから打ち消すように首を横に振るのだ、ひとりひとりに、別々に、そのつど異なった意味合いをこめて。母にはある種の誠実な同情をこめ、アンナには教育的な響きをこめ、さあ、あんたも気をつけるんだよ、わたしのかわいい姪っこやとでもいうように、そして、僕には意地の悪い喜びを秘め、お父さんはけっして死なないと思っているようだけど、おまえの確信はもうじき崩れるのよ、このちびの自惚《うぬぼ》れやさん、時がおまえの信念を弱めるでしょうよとでもいうように。意味ありげに目を細め、目では狡《ずる》そうに笑いながら、顔と口は石のようにこわばらせて、伯母は長いこと僕の頰のそばに蠟燭の炎をかかげ、僕の瞳をじっと見つめたまま、大きな鼻を左に右に振るのだった。伯母のパントマイムには、まだほかになにか意味があっただろうか。あの狂おしい光を放つ黒い瞳にまだなにか隠されていただろうか。僕の感じでは、伯母はある事実が僕に知らされることを願っているせいで、声に刺があるのだ、父は英雄として死んだのではない、偉大なる死を前にして、哲学的態度と賢明な冷静さの見本として記憶され引用されるような、不滅の言葉を遺して死んだのではない、それどころか死刑執行人たちを前にして……ああ、疑いもない。まさに、父は自分が引き込まれた悪魔の遊びの意味を感じ取ったのだ、そして左側に、女と子供、病人と労働不適格者の側に入れられたとき、（父はそのどれにもあてはまった、父は重病人でヒステリー女、大きな腫瘍のように永遠の想像妊娠に苦しむ女であり、そして同時に子供だった、時代と種族に属する大きな子供だった、同じように、あらゆる労働、肉体労働にも精神労働にも不向きな労働不適格者だった。なぜなら父の才能と活動の曲線は危険なほど伸びて円軌道を描いてしまい、出発点まで、絶対的ゼロまで、完全な自己否定にまで達してしまっていたからだ）、つまり、神と生命の左側に置かれたとき、一瞬、ただし一瞬だけこう思った。一杯喰わしてやったぞ、ユーモアのセンスというやつだ、人生の難しい局面で自分なりにうまく立ち回っているのだと、疑いもなくそう思ったのだ、だが、そのあとですぐ、自分の腸と狂った頭で感じたにちがいない、愚かにもみずから進んで死の側に立ってしまったのだ、すなわち子供のようにペテンにかけられたのだ、と……レベッカ伯母さんの悪意のある目つきは、苦い悲劇的な真実を感じさせた。この不運な人たちや病気の人たちの列に加わり、恐れおののく女たちや怯え切った子供たちに混じって、ときには彼らとともに、ときにはその傍らを進んでいく、背が高く猫背で、没収されて眼鏡も杖もなく、不確かな足取りでよろめいていく、犠牲者の列に加わり、羊の群れのなかの羊飼いのように、ユダヤの民とともに進むラビのように、生徒を率いる教師のように……ああ、まさか。警棒や銃床で殴られ、うめき声をあげて倒れ、女たちに励まされ、抱き起こされて、父は、ああ、小さな子供のように泣いたのだ、そうするうちにも父の体からは悪臭が広がっていった、裏切り者の腸の放つ悪臭が。

2

親戚で戻ってきたのは、アンドレイ伯父さんだけだった、その伯父もなにか不思議な太陽、なにか地獄の光に焼かれて、皮膚は病んで湿っぽい色をしていた、それは黒い太陽の致命的な烙印とでもいうべきものだ。伯父は、新時代の歌を携えてきた、悲しい収容所のバラードとラビの哀悼歌、それを声を低め、調子はずれに歌うか、さもなければ、ふくろうのようにホウホウと、オカリナで奏でるのだった。

　帰ってから一日二日すると、伯父は家畜小屋の、かつて軍馬が飼われていた場所を掘りはじめた。レベッカ伯母さんの反対にもかかわらず。深いところから掘り出した土は湿っていて、馬の小便の臭いがした。しばらくして、自分が掘ったその井戸のなかに、アンドレイ伯父さんの頭はすっかり沈んでしまい、レベッカ伯母さんに手短に指図する、その声だけが響いてくる、まるで墓のなかから聞こえるようだ。驚いたことに、ほどなくして見ると、なんとレベッカ伯母さんが、その臭い井戸からひと巻の花柄の更紗木綿を引き出している、赤と青の薔薇の花柄だ。伯母は足元にその獲物をきちんと置いた、きらきら光る深海魚のように更紗木綿の網にかかったその薔薇を。なんという獲物だ。最初の薔薇、細かい蕾の薔薇、まばらな花模様を見ると、網の目にかかった青い小魚が、長いことそこに置かれて悪臭を放ち色褪せていくのを見ると、伯母はもどかしそうにその布をつかみ、熱に浮かされたように懸命に手繰《たぐ》り寄せた。なんという不幸だ。その巨大な荷物、蠟引きの布に包まれ頑丈な箱におさめられて、戦争を目前にここに埋められた荷物は、馬の小便の酸性溶液にすっかり侵され、粉となり灰となった、そして薔薇は悪臭を放っていた、腐った死魚のように。つぎの日、レベッカ伯母さんは救えるものだけでも救おうと、その巨大な網を五つ折りにして塀にかけた、日光の効き目をあてにして。そういう次第で、家のまわりには、一夜にして蔓薔薇《つるばら》の生け垣が生い茂ることになり、鄙《ひな》びた城の壁みたいだったが、庭は小便の臭いでむんむんした。無駄だ。更紗木綿には、時と闇の致命的な影響がはっきりと見てとれた、土と、それから戦時中に軍馬が地面に向かって斜めに、日光のように、放射した琥珀《こはく》色のシャワーの影響だ。目に涙を浮かべ、レベッカ伯母さんはこの唯一の宝物を、この隠された鉱石を救おうと、布を鋏《はさみ》で裁ち、二の腕ほどの長さの端切《はぎ》れを何枚かとろうとしたのだが、ついにはすべてをごみ箱に捨てなければならなかった、更紗木綿は、指のあいだで蜘蛛《くも》の巣のように崩れてしまったからだ。夜じゅうかかって、伯母とアンドレイ伯父さんは、村の人たちに内緒で、きず物の薔薇をごみ捨て場に捨てた、干し草用の熊手を使って。ああ、その晩、どれほど酷い呪いの言葉が軍馬の大砲に浴びせられたろう、どれほど悪意に満ちた呪詛が、どれほどあざやかで強烈な比喩が浴びせられたことだろう。

3

父の影響だったかもしれない、父が生きていたうちはその影響の致命的な罠に抵抗していたのだが、編み機を組み立ててみようという考えに母も取り憑かれた、板と古傘の骨で。仕事の速さといい、出来栄えの見事さといい、手芸の技をすでに完璧にまで磨き上げ、自転車の車輪のスポークの編み棒でちょっとした編み物工場を始め、近所に製品を供給していたが、母はこの手製の編み機で仕事の手を広げ、近所ばかりでなく教区全体にまで製品が行きわたるように準備を始めた。これで僕たちを、アンナと僕を、母の言葉で言えば「畑から引き揚げる」ことができ、僕たちに市民としての尊厳を取り戻すことができるだろうと。残念ながら、辛い思いで、母はこの考えを捨てた。仕事の準備にとりかかったばかりだったが、古傘の骨が見つからなかったのだ。そこで、仕事は手で続けられた、夜中に、相変わらず戦時中の灯油と靴墨を潤滑油に混ぜたものが燃えるランプの明かりの下で。母はプラチナのように輝く編み棒を動かしていた。その二本の編み棒……そう、二本の編み棒と言ったが、ほんとうは、その編み物の道具には母の指も入ると言うべきだろう、まったく対等に、手の一部とか意志の遂行者としてばかりでなく、編み物道具の一部として、編み棒として。まず思い浮かべるのが、まっすぐ伸びた人差指で、あの二本の金属の編み棒は（これも彼女の手で作られたものなのだが）、補足としてつけ加えられたものにすぎない。自分でも知らないうちに、母は編み機を作ってしまっていたのだ。繊細な人差指の腹に、柔らかな糸が同じ調子で流れるところに、細い溝が掘られていた、楽器の鋭い鋼の弦によってつけられた溝のように。その躍動する十二本の編み棒から、その奇跡の筆跡から、童話のように、アンゴラ毛糸の長く白い編み物のページが編み上がる、そして、そのふわふわの毛を吹いて散らすと、東洋の絨毯に描かれたような、神秘の模様が見えるのだ。母の技の秘訣は簡単だった、それは、同じ技を二度とは使わないことだ。ファニカ夫人がマリア嬢のと同じセーターを注文する、母は村の美女たちのささやかな虚栄心を思うと、断わる理由を説明できず、文句も言わずに注文を引き受けるのだが、与えられたテーマで、見かけだけは手本に似た、新しいバリエーションを作る、筆跡と模様を変え、見かけだけ前のに似た、よく見ないとだれの手になるものかほとんどわからない、まったく新しい様式を生み出す、その人だけの印を、繰り返しのきかないものを。母がそうしたのはまったく実用的な理由からだ、母の作るものは、看板の名誉にかけて、一品生産、つまり、母自身にとっても繰り返しのきかないものでなければならなかった。母の仕事場は繁盛したが、それは長くは続かなかった。村の女たちや戦争未亡人たちが、母の成功に動かされ、心から感嘆して（もちろん、いつものことで、それは羨望と陰口に変わってしまうのだが）、冬の夜長に自分でも編み物を始めたのだ。はじめは不器用だったのが、しだいに上達し、筆跡も母のにきわめてよく似て、完璧な模造品、しかし、しょせんは模造品なのだが、ただよくできた代物で、見る目のない者には違いがわからず、本物の霊感や感動を呼ぶ繊細な真心を欠いた偽りの作品の惨めさにも気がつかないほどなのだ。はじめのうち、母は模倣の横行に抵抗しようとして、自分の筆跡を変え、目立たないところに妙技を加えては、みんなの意欲をそごうとしたりしたが、無駄だった。母が長い眠られぬ夜を過ごし、悩み働き、編んでは考え直し、編み目をほどいたりほぐしたりして身につけた職人芸は、村の仕事場に広がっていった、厚かましくも真似されて。ペテン師たちが職人の名人芸を模倣できることがわかると、母は単純なもの、飾らない様式と表現に救いを求めたが、その際、その作品の表側に謎めいた模様を編み込むのを忘れなかった、霊感の神秘的な薔薇、職人の印を。虚しかった。偽りの薔薇がアンゴラ毛糸の編み物に現われはじめた、しかも、母の薔薇と同じ場所に。そして、その薔薇は不自然ではあったが、見る目のない者には本物と区別がつかなかった（ただ母の編み物の裏側を覗いてみるだけでよかったのだ、そこには母の作品の陰画《ネガ》がシンメトリックに記されている、そして結び目や繋ぎ目を見れば、毛根のような編み目の細かさを見れば、ほぐした毛糸から、屑糸や短い糸から、編み物の陽画《ポジ》を作り上げるために、どんな苦労が必要だったかがわかる、澱《よど》みも作者がひとひねりした跡も見えず、すっきりとして無理なく、ただ一本の糸から作られたように、一気に作り上げられたように）。とうとう母は、大変な試練と不眠症を味わった末、すべてを諦め、また畑に出て落ち穂拾いを始めた。注文がひとつも来なくなって。

4

滑稽な荷物とともに僕たちは列車に乗り込む、流浪の旅の家財道具を引きずる、僕の子供時代の悲しい持参金を。僕たちの歴史的なトランクは、今ではもう革がむけ、留め金は、ひっきりなしに、古い火縄銃のように、錆びついた音をぱちんとさせて開いてしまうのだ、大洪水のなかからひとつ、わびしく浮上した、棺桶みたいに。そこには今、父の悲しい遺品が眠っている、骨壺におさめられた灰のように。父の写真と身分証明書。ほかにも父の出生証明書や学校の成績表、それから神話時代と言っていいほど遠い昔に見事な筆跡で書写された風変わりな律法の書、今は亡き詩人の貴重な証言、彼の弱点を示す史料、つまり、裁判訴訟の写し、スボティッァのブラシ工場の書類（彼が倒産させてしまった）、布告、辞令、小さな駅の駅長へ昇進したときの任命書、さらに彼の二通の手紙「大きな遺書と小さな遺書」、そしてコビンの病院の退院証明……

そのとき僕はなにを考えて、この奇妙な古文書をトランクに忍ばせてこっそり持ち出したのだろうか、母にも内緒で。それは疑いもない、それだけが僕の子供時代の持参金になる、かつて僕というものが存在した、かつて僕の父が存在したことの唯一の物的証拠になるだろうと、早くから意識していたということだ。だって、それらの物がなければ、その手書きの書類や写真がなければ、今ごろ僕は、なにもかも存在しなかった、すべてはあとから夢に見た話で、僕が自分を慰めるために考えついたことだと、すっかり思い込んでいるにちがいない。父の顔は、ほかの多くの人たちと同様、記憶から消えてしまい、手を差しのべても、虚空をつかむことになるだろう。夢なんだ、と思うにちがいない。

この家族の史料を、出発前に自分自身の基準で、今見ても確かな基準で取捨選択して、僕はトランクに忍ばせて運び出したのだ、僕のより抜きの学校のノートや本といっしょに。ノートは学校の作文帳を二冊だけ、本は学童聖書、小教理問答集、第二学年園芸の手引、ルイゼ・ハウグセット・ラマック夫人著『私のドイツ語読本《マイン・ツヴァイテス・ドイチェ》その二《ス・ブッフ》』、聖歌集をもとに教区学生監カロルス・ギグレル博士が編纂した『子供の心の巡礼』。それから、三文小説のシリーズでいちばん好きだった『銀の鐘号の船長』もあった、そして、おしまいに、なによりもまず、この古文書の王冠とも言うべき一九三八年版の『ユーゴスラビア国内国際交通案内、バス、船舶、鉄道、航空』、これは父が編集人だった（この本はふたたび世に出され、奇跡の変身と復活を遂げる、僕の本のなかで）。僕はこの交通案内を自分の持ち物のなかに、「僕」の本のなかに、しまったのだ、大切な形見として。

5

僕の子供時代の数少ない書類に混じって一冊の手帳がある、木の葉のような緑だが、木の葉ほども大きくない、その手帳も今はもう枯れ葉のように黄ばんでしまった。背に、紙の折り目に、つけられた二つの留め金のほかに、あとからもうひとつ加えられている留め金が、薄い帳面を貫き通している、表紙から裏表紙まで。その綴じ金をつけたのは僕だ、自分の手で、母の編み棒を使ってあらかじめページに穴を開けた。なぜかと言うと、僕がページを一枚破り取ったので、偶数ページのバランスが崩れ、困ったことに、一枚、最初のほうの一枚が取れそうになってしまったからだ。思うに、決定的な間違いは僕がこの生徒手帳に、欠席の理由として、母の忠告にしたがい、あまり説得力があるとは思えないこと、なにかの病気、百日咳とか、はしかとかを書き込んだことだが、僕はありのままの屈辱的な真実のほうが好きだった（少なくとも文学では、今日の今日まで守り続けてきたが）。厳しい校則の抜粋があり、おもねるような言葉で教師と父兄に協力と相互尊重を呼びかけているが（「尊敬すべき父兄の皆様には、本校教員の家庭訪問にあたりましては丁重にお迎えくださるようお願いいたします」）、そのあとで、生徒は学年度終了時まで本手帳をきれいに保管する義務を負うこと（破れたページによる僕の恐怖心はここから来ている）、記入された注意事項は同日中に関係者に見せなければならないこと、という注意書でこの手帳は終わっていた。次のページには、署名の欄があった。母の名前のところに、エドワルド・サム未亡人。父の名前のところには、長い波線、虚ろな海。この線は、母の偽造の署名と同様、姉のアンナが書き込んだものだった。その線は横に長く引かれ、波打ち、それから、終わりで上向きになり折れている。そのたった一本の曲線は、不安気に小刻みに震え、ほんの少しゆるやかに波打ち、終わりはまるで神経衰弱のようにへし折れている、そこに、僕たちは父の生命線、曲折に満ちた歩みと転落を、父の喘ぎを、読み取る。それは、錯乱した心電図、父の心臓の筆跡なのだ。

6

手帳の各欄は、ほかになにを語っているのだろうか、少年の空想が目に見えないインクで書き込んだ空欄は。それは、生徒の時間について、時間割について、校内での時間についても課外活動についても、簡単な問いがあるだけだ、なにを勉強するか、教師はだれか、いつ授業があるか、どの言語を習うか。その質問事項には、その答えのない問いには、知識への郷愁の種が、苦々しい羨望が、密《ひそ》かな夢と子供らしい野心の種が、播《ま》かれている。表になった質問事項（ピアノ？　バイオリン？）には、僕には手の届かない、未知の世界の予感があった。その手帳からは、白いガラス戸にも似たその欄のひとつひとつからは、土地の男女の教師の礼儀正しい顔や明るいサロン、そして午後の安らぎがのぞいている、そのとき、扉のところでベルが鳴り、夢見るようなボンジュールを唇に、色白の女教師が生徒の部屋に入ってくると（四時から六時まで）、部屋には、彼女といっしょに、今はまだ暗号にすぎないある世界の予感が入り込んでくる、だが、その秘密の鍵は彼女が持っている、舌の下にまるでメダルのように、そして、暗号の意味がゆっくりと見えてくる。それからほどなく（さあ、夢を見よう）、また扉のところでベルが鳴る、前よりもよく響く美しい音、だって扉の前には、ピアノの先生が立っているのだから、ほら、もう白い長い指で、滴がこぼれるようにエチュードを弾いている。カーテンを下ろした子供部屋から流れてくるのだ。それから？　それから、先生が来る、こんどは女の先生だ。彼女の細い体には気品あるバイオリンの形がよく似合い、悲しげな顔で楽器をかまえても、顎《あご》が二重になったりはしない（いや、今はそれが口惜しいとは思わない。むしろ楽しく有益だったのは、この言葉を書くだけでもぞくぞくするが、寒い秋の日の午後に、温かな牛の糞を裸足で踏むことだった）。真実を重んじ、また苦悩は崇高であることを信じ、僕は自分の手帳に、欠席理由の欄に、記入する、「靴がないので」（一九四四年二月十三日）、そして二月五日、十四日、二十四日は、

「吹雪」……

7

でも、僕たちはどうしてあのマルメロの実を引きずってきたりしたのだろう、包装紙にくるんで紐で結わえたあのひどい包みを。どうしてそれを引きずってきたのだろう、母はそのすえた羽布団よりもずっと大事なものにさえ、未練なく別れを告げたというのに（かつてシンガー・ミシンに別れを告げたように）、しけて羽が固まり、黴《かび》臭く、細かな羽がこぼれては、汚い湿った雪のように、髪や衣服に貼りつく、そんな羽布団よりたやすく。薄い更紗木綿の布目の粗くなった篩《ふるい》から、ふわふわの羽毛といっしょに、暗い色の家禽《かきん》の羽、その鋭い、角のように尖った先が、薄く貼りついた翼を引きずるようにしてのぞいている。艶《つや》も輝きもない暗い色、錆茶《さびちゃ》と黒の色から、羽布団が偽物で寝心地悪かったように、この羽もまた偽物だということは容易に見て取れた、だって布団には、パンノニア平野のかつては清潔だった鵞鳥の羽が少量混じってはいたが、疫病が流行《はや》るたび死んだ鶏の堅い羽が詰められていたのだから。母は、疑いもなく、僕たちの夢のなかや眠られぬ夜に入り込んできたこのペテンのことを知っていたが、彼女にとってこの羽布団は、僕にとって子供時代の遺物が、父の身分証明書や僕の本が、もっていたのと同じくらい大きな意味をもっていた、つまり、それはすべてを意味したのだ。母にとってその擦《す》り切れたマルメロの実は、僕たちの子供時代と僕たちに捧げた愛の象徴、牧歌的な夕暮れどきの思い出だった。その頃はまだ新しかった、バチスト布のカバーのかかった羽布団を、母は僕たちの背中と足の下にたくし込み、巨大なイースト入りのパン種になったそれを大きな掌でぱんぱんと叩く、すると布団の下からはくるくるの巻き毛と赤い鼻の頭だけがのぞくのだ……

　僕がその頃まだ自覚していなかった悍《おぞ》ましい事実を、母が知らずに過ごせたとは思えない。偽物の鵞鳥の羽を詰めた羽布団は、父に始まる、いや、まさに父の先祖、歴史の遠い闇からここへやって来た鵞鳥の羽売りたちに始まるさすらいのアハシュエロスの歴史の続きにすぎず、最終章なのかもしれないということ、それは相変わらず僕たちが、意味もなく引きずっていた、重い、形見の荷物だった。

少年と犬

口をきく犬

母の話では、僕が生まれたのは、母の浅はかなアバンチュールからで、そのために母は七人の子供をもうけ、ずいぶんとつらい目にあった。二人の兄弟と一人の姉は、生まれるとすぐ死んでしまった。僕の目が開いたのは、村の産婆《さんば》のアルビナ・クニッペルさんの家で、戦争の年、秋の初めのことだった。母もアルビナさんも、それはよく世話をしてくれて、乳を飲ませてはかわいがってくれた。僕の籠にはぼろ切れや羽が敷かれていて、まるで鳥の巣だった。母は僕に、生きていくのに必要なことを教えてくれた、どうやって尻尾を振るか、どうやって牙をむくか、どうやって目やにをとるか、どうやってうるさい蠅を追い払うか。ここで僕たちは、攻撃と防御の基本をみっちり練習した。それは、楽しい無邪気な遊びだった。村の雑種犬たちのようにお互いに飛びかかったりしたが、牙はビロードに包み、爪は手のなかにおさめていた、ナイフを鞘《さや》におさめるように。

でも、ある日、僕は母から引き離された、まさにそのときから、僕の犬のような人生が始まる（この犬のようなを誤解しないでいただきたい、生きることを嘆いているのではない。たんに、僕の人生、と言っておく）。

ベルキさんが（僕の未来の飼い主であり主人である人はそういう名前だった）、クニッペル夫人にお金を払ったとき、僕たちのうちのだれが連れていかれるのか、まだ決まっていなかったが、第一、僕はまわりでなにが起こっているのか、ほとんどわからなかった。ただ、母がとても悲しそうにして、ずっと泣き続けていたのを覚えている。どうして抵抗しなかったか、どうしてなんの手も打たなかったのか、それを僕が理解したのは、ずっと後のことである。実は、それはすべて母が、僕のためを思ってしたことだった。そのとき、ベルキさんが引き取ってくれなかったら、僕は、いったいどんな運命に見舞われたかしれない。残った四匹のうち、生きのびたのは僕たち二匹だけだった。僕と弟と。弟は、よその村の狩人に売られていった。だが、二匹の妹には、悲しい定めが待っていた、クニッペルさんが首のまわりに石をくりつけて水嵩《みずかさ》の増した川に捨てたのだ。クニッペルさん自身も悲しがっていたし、戦争で大変な年でなかったら、せめて母に免じて助けてくれたろうと思う。だって、クニッペルさんは動物が好きで、泣き虫の猫でさえかわいがるほどだったから、でも、どうしようもない、あの大の動物愛好家、ラ・フォンテーヌの言うところの、「戦時には戦時のように《ア・ラ・ゲール・コム・ア・ラ・ゲール》」というわけだ。あまりの痛みに、母はほとんど頭がおかしくなった。何日もなにも食べずに、ただもう嘆き悲しみ、庭や村を駆けまわってすみからすみまで捜すのだった。それである日、クニッペルさんは言った。「ローラ（母はそう呼ばれていた）、そうしなくちゃならなかったのよ。ごめんなさいね、ローラ、そうしなくちゃならなかったのよ」母はクニッペルさんの前に横になって、クニッペルさんの言うことをひと言も聞き漏らすまいと、耳をぴんとそばだてていた、そして、目にいっぱいの涙をため、それはもう悲しそうに見つめたので、クニッペルおばあさんも思わずもらい泣きをしてしまった。「お願い、ローラ、そんな目で私を見ないでちょうだい。そうしなくちゃならなかったのよ。あんただって、知ってるでしょ、どんなに暮らしが大変か」それでも、母はクニッペルさんの目をじっと見つめていた、心の痛みに正気を失って。

「お願い、ローラ、そんな目で私を見ないでちょうだい」と、クニッペルさんは言った。「あの子たち、川に捨てたわ」

そのとき母は、疑いがほんとうだったことを悟り、悲鳴をあげると川岸へ向かって飛ぶように走っていった。流れに沿って駆けて、駆けた、犬のように、いや、人間のようにむせび泣きながら。そして、浅瀬で、打ち上げられた僕の妹たちを見つけた、隣村の土地で、首に石をくくりつけられ、柳にひっかかった妹たちを。

母は、黄昏《たそがれ》どきにもどってきた、ただ僕のそばで息をひきとるために。


僕は、新しい飼い主、ベルキさんのベランダに寝そべっていた、そして運命について、僕の不幸な母について、兄弟や姉妹について、クニッペル夫人について、そしていったいに命というものについて、考えていた。考えながら、僕はすすり泣いた、寒さよりも、悲しみのせいで。

そのとき、少年がひとりあらわれ、僕を撫で、両手で暖めてくれた、まるで僕が、そんなことがあってはたまらないが、犬というより雀だとでもいうように。それから、僕の顔を覗き込むと、笑いはじめた。

「アンナ、アンナ」と、少年は言った。「ちょっと見にきてごらん。小雀だよ」

「まあ、かわいい」と、アンナは言うと、僕のほっぺたをつねった。

「この犬、だれかに似てるね」と、少年は言った。「まったく、だれかにそっくりだ」

「ほんとう」と、少年の姉のアンナは言った。「だれに似てるのかしら」

「姉さんもそう思う」と、少年は言った。

「おかしくって、もう死にそう」と、姉が言った。

「ほんと、死ぬほど笑っちゃうよ」と、少年は言った。

僕のことを、まだ掌にのせていた、雀みたいに。

「だれにそっくりか、知ってるわ」と、少年の姉は言った。

「教えてよ、アンナ、だれさ」と、少年は言う。「ねえ、教えてよ。思い出させてよ」

「思い出してごらんなさい」と、アンナは言った。「さあ、思い出して」

「ねえ、言って」と、少年は言った。「思い出せないよ。ただ、この犬は……　ほんと、おかしくって死んじゃうよ」

「おばあさんよ」と、アンナが言った。

「クニッペルさんだ、産婆さんの」と、少年が言った。

「おかしくって、もう死にそう」と、少年の姉は言った。「クニッペルさんと瓜二つだわ」

こうして、僕も、ひょっとして自分はクニッペル夫人に似ているんじゃないかと疑いはじめた、ただ、ほんとうを言えば、これっぽっちも似ているところなどないように思えたが。あるいは、悲しみが僕たちふたりに同じような顔の表情を与えただけかもしれない、だって、クニッペルさんはあんなことをやって、とても不幸せだったし、僕は肉親を失って悲しんでいたから。僕がだれに似ているかと言えば、それは、母親似だったと言える。同じ大きな濃い色の、李のように青灰色の瞳、それに同じように尖って、先が少し垂れた耳。ただ、どうやら体格だけは、僕の（見知らぬ）父親から受け継いだらしい、だって、あとになって、僕は脚の長いすらりとした大型犬になったが、母は、僕が覚えているかぎり、そんな脚ではなかった。母からは、ほかに、黄色がかった茶色の毛と、性格の大部分を受け継いだ、感じやすさ、柔順、忍耐、忠実、献身、神経質、ちょっぴり怠け者で浅はかなところも。

僕のような犬には、多くを語るべき波乱に満ちた歴史のようなものはない。若い頃はかなり幸せだった（もちろん、家族との離別はおくとして）、戦時中ではあったけど。もしかしたら、戦時中だったからこそ。どういうことなのか、説明しよう。戦争は人々を連れ去り、人々から優しさを奪う、戦争は、人の心に恐怖を植えつけ、不信感を生み出す。そうしたなかで、一匹の犬、僕のように忠実な犬は、大きな意味をもつことになる。もし、あなたが子供でもなくそれほど感じやすくもなければ、絶望したりすることなく、戦争で犬を失ったら気が狂うだとか、死ぬほどの痛みを感じるだろうとか恐れたりせずに、犬を愛することができるし、無理な我慢をしなくても犬を愛することができる、そして犬になら、秘密や密かな願いを自由に打ち明けても他人に告げられやしないかと恐れることもないのだ。戦争の時代が犬にとって大変なのは、犬歯がのびるまでだけだ（だから、妹たちはひどい目にあったのだ、魂に平安あれ）。しかし、成犬にとって、強い犬にとって、戦争は祝福すべきものだ。家畜のあいだに悪疫が流行り、馬は死に、軍隊は死肉を埋めていく、やっと土に隠れるか隠れないかくらいの深さに。どうせ、犬とジプシーがさらっていくんだ、と言って。

ほかにだれが僕の伝記に興味をもつだろう、有名な猟犬でもないし（むしろきわめて平均的だ)、栄光の競走犬でもない、血統書付きの貴族の出身でないどころか、いろいろ思いあわせれば、私生児、つまり父なし子だし、それに戦場で手柄をたてたわけでもなし、生きているうちに記念碑が建ったわけでもなく、赤十字やそのほかのだれからも勲章を受けたこともない。僕は、つまり、平凡な犬で、僕の運命もまた当たり前なのだ。僕をある意味で特別なものにしていること、それは、僕が口をきくことができるという点だ。話をするという恩恵を授かるにいたったのは、ひとりの少年の愛による、不幸せな愛とでも言おうか。

ある朝、ベルキさんがあらわれた、僕の新しい主人だ、そして、言った。

「アンディ、どうだい、この犬は気に入ったかい」

「うん、最高」と、少年は言った。(少年は大げさな言い方が好きだった)「で、なんという名前にするの」

「ディンゴさ」と、ベルキさんは僕の名前を言った。

「ディンゴ?」と、少年が聞きなおす。「その名前、気に入らないなあ。ベルキさん、それどんな意味なんですか」

「オーストラリア産の野生の犬だよ」と、ベルキさんは言った。

「それなら、その名前、とっても気に入った」少年は、今度はそう言った。

正式には、ベルキさんが飼い主だったけれど、僕は、やはり、身も心も少年のものだった。この世のすべての人間のうち、この少年といちばん馬が合い、いちばん心が通じあった。それには、少年の年齢のほか、僕たちに共通する性格がいくつかあったことが、関係している。少年と僕とは多くの点で似ていたと言っても、まちがいではないと信じている、怠惰なところ、自由奔放なところ、献身的なところ、冒険好きなところ。少年にはどこか犬のようなところがあったと言っても、まちがってはいないと思う、少年の嗅覚、匂いに敏感なところ、これについては、僕に誤りはないはずだ。孤独と悲しみが僕たちの人生を結びつけた。少年の父を思う悲しみと僕の肉親を思う悲しみが、類似性にもとづくある種の友情をふたりのあいだに生み出した。僕が急に大きくなり、村の野良犬のあいだでは、賢い小さな主人の、賢くて教育のある犬として、みんなから一目おかれるようになると、それだけ少年の孤独は和《やわ》らぎ、ますます僕を自慢にし、大胆になっていった。だって、僕のおかげでもう前のように犬を怖がらなくなったし（少年の父も同じ病気に悩んでいた）、僕という頼りになる忠実な保護者がいることを知って、ともかくずっと勇敢になったのだ。そのお返しに、少年は僕に、役に立つような技をいろいろと教えてくれ、それがみんなの尊敬の念を呼びさますことになった。迷子の牛を追っていくことができたし、モグラの穴を掘り返すこともできた（それは単なる楽しみのため、暇つぶしだったのだけど）。兎を追いかけることも、狐のねぐらや水鳥の巣を見つけることも、鴨や蛙や蝶や蛇を捕えることもできた。そのうえ、少年から、寂しいときに彼と話をすることまで教えてもらったのだ。一度など、忘れもしないが、雌牛のオレンジがいなくなったときには、ふたりで家出しようというところまでいった。少年は、道々、難しく責任の重い任務を僕に託した。少年の伝言のひとつはとても長くて、僕は犬というよりまるで伝書鳩のようだった。切なくてたまらなくなると、僕たちはただちに家出の計画を練った。でも、このとおり、村の三区より先には行ったためしがない。少年は、時折、お話をしてくれたり、本を読んでくれたりした。少年が羊飼いたちに、何度も何度も、よく筋を変えたり加えたりしながら、話してやった『人、馬、犬』という小説なんか、すっかりそらんじてしまったと言っても、言いすぎではないと思う。

いや、僕の人生は小説ではない。それは小さなお話の集まり、楽しい出来事、悲しい出来事、たくさんの小さな出来事の集まりだ。そしてその話のなかには、いつも少年がいる、僕が少年の話のなかにいるように。

この頃少年はどこか悲しそうだ。僕に対してもなんとなく冷たく、よそよそしくなった。僕になにか隠し事をしているのがわかる。でも、じきに、なんのことだかわかった、そして、ほら、昔からの犬の悲しみが僕をおそった。少年は、また旅に出ようとしている。今度は、本気だ。それについては、疑う余地もない。なぜ僕を避けるのかもわかった、別れが辛くないようにというのだ。僕もこの突然の悲しみで病気になってしまった。少年の家の敷居のところで僕はうとうとする、別れも告げずに立ち去ったりしないように。うとうとしながら、自分の人生について考えている。

僕は感じる、この別れのあとで僕は生きられない、と。

アウウウ、アウウウ。

手紙

大好きなベルキさん、この手紙は遠くから書いています、お元気でお暮らしでしょうか。新しい学校の仲間にもだんだん慣れてきましたが、僕の訛《なま》りをみんなが馬鹿にします。まだ、夜になると、みなさんのところにいる夢を見て、昨日の夜は、ママに起こされました、夢を見ながら泣いてしまったんです。ママはこれは望郷というもので、じきになにもかもおさまると言っています。

大好きなベルキさん、どうぞ、お願いですから、これから申し上げることで、お笑いにならないでください。昨夜、泣いたのは、僕の犬、ディンゴのためなのです。アンナは今でも僕が犬に恋をしたんだと言ってからかいますが、それはほんとうです。でも、ベルキさんなら僕のことをわかってくださり、馬鹿にしたりなさらないと信じています。

僕たちは出発したときどんなにつらかったか、その別れに僕の心がどれほどかき乱されたか、お話ししましょう。覚えていらっしゃるでしょう、馬車が出発する直前に、僕が姿を消し、ぎりぎりになってやっともどってきて、みんなに叱られたことを。それでは、そのとき僕がどこに行っていたか、今、お話しします。ディンゴをケルカ川の岸辺に連れて行ったのです、別れのあいさつをするために。それから、ベルトで柳につなぎましたが、ディンゴはおとなしくしていて、ただ、クンクンと悲しげに鳴いていました。僕といっしょに行きたくて、放してくれとせがみましたが、僕はじっとしているように言い、人生はこうしたものだ、おまえよりいい友達は、犬だろうと人だろうと、もう二度と見つからないのはわかっている、と言いました。それから、みんなが呼んでいるのが聞こえたので、みなさんにあいさつをしようと駆けだしました。覚えていらっしゃるでしょうか、僕たちみんな泣きました、母も、アンナも、それからベルキさんのお母さまも。もう二度と会えないだろうと、みんなわかっていました。それから、馬車が走りだしましたが、僕はまだ泣いていました、あんまり泣いて、心臓がちぎれるかと思うくらい。そこで過ごした年月のこと、帰ることなく死んだ父のこと、ベルキさんとお母さま、先生のリゴ夫人、ベラ・ヘルマン君、ラツィカ・トット君、ユリア・サボーさんやほかのみんなのことなど思い出していたのです。途中で振り返ってはなりませんでした、最後にもう一度村を見て、もっとひどく泣いたりしないように、鐘の塔や伯爵の森、ほかのすべてを見ないように。それでも、やっぱり我慢できませんでした。ベルキさん、なにが見えたとお思いですか。僕たちのあとを、ディンゴが駆けてきて、声を限りに鳴いているのです。僕たちもみんな、また泣きました。それから、僕はマルティンおじさんに鞭でディンゴを追い払い、馬を急がせてと頼みました、それ以上、鳴き声に耐えられなかったのです。ディンゴは、考えてもみてください、もうほとんど力がつきていました、だって、僕たちのあとを追ってチェストレグまで駆けてきたのです。口から泡をふき、舌をだらりとたらして。僕は叫びました、怒鳴りました、そこでマルティンおじさんは犬がどうしても止まらなくてはならないくらい、すっかり力つきて道の真ん中に倒れるくらい、さんざんに鞭打ちました。汽車が走り出したときでさえ、僕は窓の外を眺めて泣いていました。ディンゴの鳴く声が聞こえ、まだ僕たちのあとを追って走っているような気がして。

そうです、大好きなベルキさん、このことがお話ししたかったんです、そして、なにもかもお手紙で知らせていただくようお願いしたかったんです。ディンゴがどうしているかも、お書きください。それから、もうひとつお願いがありますが、笑ったりなさらないでください、この手紙をディンゴに読んでやって、僕のせいじゃなかった、どうしても連れていってやるわけにはいかなかった、けっしておまえのことは忘れないと話してやってください。それから、僕がいつか詩人になったら、おまえのことを詩か寓話に書くつもりだということも、話してやってください。その寓話では、犬は口がきけるのです。そして、もちろん、ディンゴという名前です。お願いです、ベルキさん、そうしてやってください、ディンゴはぜんぶわかるでしょう、ただ、話してやっているあいだ、目をまっすぐに見て、僕の名前を繰り返してやってください。言ってやってください、「アンディ、アンディ。アンディがよろしくと言っているよ」と。ゆっくりと話してやってください、小さな子供に話すように。きっと、ベルキさんのおっしゃることがわかりますから。僕の名前を聞けば、きっとクンクンと鳴きはじめるでしょう。それが、すっかりわかった、という印なのです。

最後にもうひとつお願いがあります、ディンゴを大事にしてやってください、同封のお金で、おいしい晩ご飯を買ってやってください。いちばん好きなのは馬肉

（たっぷり骨のついたもの）ですが、バクシャ村のフェエシさんとこの肉屋で買えるはずです。それから、大好きなベルキさん、ママにお手紙をお書きになるときは、このお金のことには触れないようにお願いします（これは僕の貯金です）。姉のアンナが馬鹿にするにきまっています。お願いしたように、僕あてに直接、お手紙をいただければ幸いです。それでは、今日は、これでおしまいです。

ベルキさんとお母さま、リゴ先生、それから僕の仲間たち、とくにベラ・ヘルマン君、ラツィカ・トット君、ユリア・サボーさんはじめみなさんに、くれぐれもよろしくお伝えください。みなさんのことを思っています。

ベルキさんの哀しい
生徒のアンドレアス・サムより

返信

大好きな私のアンディ、君のママからの手紙で、君が元気で、勉強もよくやっていることを知り、とても嬉しく思っている。それから君の手紙を読むと、作文が上手で、字もずいぶんきれいになったのがわかる。君はいつか詩人になるものと信じているよ、それに君の亡くなったお父さんもそうだったが、サム家のみなさんには、想像力の欠けたためしがないし。君のお願いについてだが、大好きな私の詩人君、願いは喜んでかなえてあげたいが、実は、君が聞いたらとても悲しむことが起こったのだ。

ディンゴは、君たちが出発した日、疲れ果て、さんざんぶたれて帰ってきて、長いこと悲しそうに鳴いたりうなったりしていた。一日じゅう、なにも食べようとしない、レバーまで持っていってやったのに。水ばかりがぶがぶ飲んでいた。

次の日、扉のところで、私たちは、あいつが死んでいるのを見つけた。

大好きな私のA・S、このことでやたらに嘆いたりしてはいけないよ、人生には、これよりつらいこともある、大きくなればわかるだろう。ただ言えることは、私もあいつがとても不憫《ふびん》だった、ほんとうに素晴らしい犬だった、母も泣いてしまったほどだ。もちろん、君の悲しみはやがて癒《い》え、いつの日かすっかり忘れてしまうだろう。ここに同封するお金で（これは利息だ）、万年筆を買って、この出来事について作文を書くのだ、詩でも散文でもいい、そして、私に送ってくれたまえ。よく書けていたら、君の先生のリゴ夫人にもお見せしよう、先生もきっととても喜んでくださるよ。気に入れば、先生が『よき羊飼い』に載せてくださるかもしれないね。

君の仲間からよろしくとのことだ。

いい子でね、そんなに嘆いていてはいけないよ。

君のベルキおじさんより

風神《アイオリス》の竪琴《ハープ》

ハープは、他のどの楽器にも増して、美（perfectio prima）と実用性（perfectio secunda）の中世の公式を兼ね備えている楽器だ。つまり、見た目に美しく、いわば形の調和の原則にしたがって作られているが、なによりも快い音を生み出すという基本的な目的にかなっているのだ。

九歳のときだったが、僕はハープを持っていた。このハープは、電信柱と壊れた茶器セットにも似た陶製の碍子《がいし》に結びつけられた六対の電線とでできていた（碍子のひとつは僕がパチンコで欠いてしまっていた、この中国製の陶器のセットの音楽的機能を、僕の風の楽器のなかで発見する前に）。

これで調律の仕組みは描写できたから、ほかの部分に移ろう。

風のハープを作るためには、いま述べた弦を調節するための陶器の糸巻きのほかに、ありきたりの樅の木の幹にコールタールを塗った電柱が少なくとも二本いる。幹と幹の理想的な間隔は五十メートルだ。電柱は長いあいだ（少なくとも五年から十年）、雨と寒気と太陽の熱にかわるがわる晒《さら》されなければならない、かくして急激な気温の変化（プラス三十六度からマイナス二十二度）の作用で、木にひびが入る、縦に。悲しい心のように、ひびが入るのは、とうとう永久に幹でも木でも針葉樹でもなくなったこと、とうとう永久に電信柱になってしまったことを悟った、そのときだ。

そのとき、この傷つきひび割れた幹は膝まで、膝の上まで、永遠に埋められて、つまりもう逃げるすべもないことを悟る、そうなれば、あとできるのはただ遠くを、自分に向かって首を振る森のほうを、じっと眺めていることだけなのだ。

そして、あの左右に五十メートルほど離れた二本の幹が、自分のいちばん近しい友達なのだ、友であり仲間なのだ、そしてその二人の友もやはり惨めな気持ちで膝まで黒い土に埋められている、ということも悟るだろう。

つまり、電柱が電線で結ばれ、頭の上に、緑の枝の代わりに、あの中国製の茶器セット（この六組の伏せられたカップでは鳥さえ水が飲めない）を載せられる、するとそのとき歌を歌いだす、そのとき弦を奏ではじめる。ただ電柱に耳をあてればいい、いや、もはやそれは電柱ではない、今やそれはハープなのだ。

そんな経験のない（一度も木の電信柱に耳をつけたことのない）読者のなかには、ここで今、風が必要だと思うかもしれない。そうではない。こんなハープにとって理想的なときは暑い七月のある日、真夏の日、陽炎が空気のなかで揺れ、幻が目を欺くとき、幹が乾いて虚ろに響くとき。

もう少しで忘れるところだった。こんなハープを置く理想的な場所は、どこか太古の街道筋にある斜面だ。今お話ししているこのハープは、パンノニア地方にローマ人が住みはじめた頃に作られた「郵便の道」にあった。おかげでハープの柱は、アンテナのように、はるか昔の音を捉える、過去からも未来からもメロディーが聞こえてくるのだ。

電線は短音階のオクターブをそっくり捉え、そして、五度の音を超えて、なめらかに長音階に移る。

楽器そのものについては、このくらいにしておこう。

あとはただ、皇帝の街道にも、麦畑にも、溝にも、地平線にも人影がないのを左右をよく見て確かめるだけ。干し草やウマゴヤシや麦を積んだ馬車が現われたら、道路下の排水路に急ぎ隠れて馬車をやり過ごす。

そう、おわかりになったと思う。ここでは孤独が必要になる。あいつは父親のように気がふれていると言われたり、電信柱に頭なんかつけてどうするつもりかなどと不審に思われたりしても、気にすることはない。ある者はまた、馬鹿なやつだ、乾いてひびの入った電信柱のなかに蜜蜂が群がっているなどと考えて、蜂蜜を採ろうとしているらしいなどと思ったりするかもしれない。ある者は、連合軍の飛行機が飛んで来る音を聞いて、それをだれかに通報しているのだと言うかもしれない。ある者は、すっかり想像を逞《たくま》しくさせ、あいつは天空からなにか秘密のメッセージを受けていると思うかもしれない。

だから、とにかく、皇帝の街道にも、麦畑にも、溝にも、地平線にも人影がないのを確かめるにこしたことはない。

たしかに、音楽がよくわからない人が電柱に耳をつければ、遠くから飛行機の爆音が聞こえてきたと思い、すぐに街道から逃れ溝のなかに身を伏せるにちがいない。それとも一目散に村へ駆けていき、爆撃機の編隊が来るぞと知らせるだろう。でも、それはただ（間違った）第一印象にすぎない、それはただ少年の耳が聞き取る「時代の音」の伴奏、低音部なのである。なぜなら、音は、死滅した星、遙かな星から届くかのように、時代と歴史の深みから送られてくるのだから（溶けた松脂の香はここではただ刺激にすぎない、神殿で香草や白檀《びやくだん》や抹香《まっこう》を薫《た》くように）。

ほら、少年がじっと目を閉じていると、ハープは少年の耳元で鳴り響く、じきにモルナルさんのところで下僕として働かなくてもいいようになる、父はもう二度と還ってこない、土を踏み固めた土間だけの床のない掘っ建て小屋をあとにする、ついにモンテネグロのお祖父さんのところへ行く、新しい本が貰える、千五百本の鉛筆と二百本の万年筆と五千冊の本の持ち主になる、お母さんがじきに死ぬ、永遠に愛を捧げる少女に出会う、旅に出る、海や町を見る、遠い歴史と聖書の時代に入り込み、自分のぼんやりとした出自を探し求める、電信柱と電線から作られた風神《アイオリス》の竪琴《ハープ》の話を書き上げる、と。

作者注
「風神《アイオリス》の竪琴《ハープ》」は、『若き日の哀しみ』の発表から十五年ほど後に生まれたが、テーマからすると本書に属する。そこで、選集の発刊に際して、本短編集に組み入れることにした、バラードの終わりに、ある種の抒情的なエピローグとして。

D・K

一九八三年七月

ユーゴスラビアの作家、ダニロ・キシュ『若き日の哀しみ』

山崎佳代子

抒情にはしなやかな力がある。つらく苦しい今という時を、軽やかに飛び越して、二十年も先の未来に私たちを運んでいくこともできるし、懐かしい子供時代へ、過去へと私たちを連れ戻すこともできる。それは素晴らしい魔術だ。

「僕の子供時代は幻想だ、幻想によって僕の空想は育まれる……」（『人生、文学』、一九九〇年）作家キシュは、一九八七年、インタビューのなかでそう語る。カミツレや菩提樹、菫の香水……甘やかな香りに誘われ、マロニエの並木道を探し求めて、あの「町」を訪れたあと、あなたは少しばかり、少年アンディになっているかもしれない。秋の風が吹き落としたあの「合いの子」みたいなマロニエの実のように、ユダヤ人を父とし、モンテネグロ人（ユーゴスラビアの一民族）を母として生まれた混血の少年は、戦争の嵐のなかで、子供時代から突然、もぎ取られ、いっぺんに大人になる。アンディはキシュの分身である。

ダニロ・キシュは一九三五年二月二十二日、ユーゴスラビアの北部、ハンガリーとの国境に近いスボティッァ市に生まれた。父の名はエドワルド・キシュ、母の名はミリツァ・ドラギチェビッチ。第二次大戦中、この地域は、ハンガリーの親ナチ政権の占領下に置かれた。父はアウシュビッツに送られ、ダニロ少年は、母と二歳年上の姉とともに、父の故郷であるハンガリーの田舎で農家の仕事を手伝いながら終戦を迎える。父は帰らぬ人となった。

「僕はユーゴスラビアの作家だ」とキシュは繰り返し語っている。ユーゴスラビア文学には三つの言語と複数の文学の伝統が重なりあって存在した。ユーゴスラビア文学という概念は、文学史上、新しいものであり、どの伝統を指すのか、セルビア文学か、クロアチア文学か、スロベニア文学か……そうした枠組みで語られた。しかし、ひとつの国での七十年にわたる共存生活から、ひとつの文学圏が形成されつつあったのも事実である。とくにセルビア語とクロアチア語は翻訳の必要はなく、第二次大戦後は同じ言語のなかの二つのバリエーションと理解されてきた。

キシュは、自分の「文学の祖」としてクルレジャ、ツルニャンスキー、アンドリッチの三人を挙げている。クルレジャはクロアチアの作家、ツルニャンスキーはセルビアの作家、アンドリッチはノーベル賞作家、クロアチア人とセルビア人の混血で、ベオグラードで作家生活を終えている。民族主義、イデオロギーの違い、人を隔てるあらゆる壁を、キシュは憎しみさえ抱き、拒否する。が、同時に、自分の文学を育んだ土壌、ルーツを強く自覚していた。それはバルカン半島であり、中央ヨーロッパである。

バルカン半島に位置するユーゴスラビアは、南スラブ系諸民族の国であった。カトリック、イスラム、ビザンチンの三つの文明と異なった世界観とが合流し、せめぎあうこの土地では、歴史を通じて戦争が繰り返され、そのつど大国の思惑に翻《ほん》弄《ろう》され、多くの命が奪われている。この地の文学に「歴史と個人」をテーマとした秀作が多いのも、そんな背景がある。時代、社会、個人を描くダニロ・キシュの研《と》ぎすまされた感覚も、こうした土壌から生まれたものと言えるだろう。

「なにごとも繰り返される、限りなく、類《たぐい》なく」とキシュは言う。戦争は繰り返されても、人間に生命が与えられるのは一度限りだ。それゆえキシュは、歴史のなかの「自分」について語る。『若き日の哀しみ』(一九六九年)は、大戦中の家族を自伝的に扱う「家族三部作」の一作で、『庭、灰』(一九六五年)、『砂時計』(一九七二年)とともに、彼の思想をはっきりと表わしている。戦争という暗雲に縁取られた時代を、『若き日の哀しみ』では少年の目を通して描き、『庭、灰』ではそこに語り手の視線を絡ませ、『砂時計』では家族に残された手紙をもとに時代を甦《よみがえ》らせる。螺旋《らせん》階段を上るように、繰り返し手法をかえながら、キシュは、「歴史のなかの命」を描いていった。『若き日の哀しみ』は画用紙に描かれたデッサン、『庭、灰』は木炭でキャンバスに描いた下絵、『砂時計』はそこに濃い色を重ねた絵である。だから絵が完成したときデッサンや下絵は意味を失う——キシュは一九七三年、インタビューのなかでそう語った。しかし、一九八三年の選集の発刊に際して、ずっと後に描いた、「風神《アイオリス》の竪琴《ハープ》」を『若き日の哀しみ』に加えてその終章としている。『若き日の哀しみ』は、作家キシュの永遠の故郷だったのだ。

「マロニエの通り」で「僕」は少年時代を過ごした家を捜す。戦争からは二十年あまりの歳月が流れている。「あんなにあったマロニエの木が消えて無くなるなんて、せめて一本くらい残っていそうなものじゃありませんか……マロニエなんか、奥さん、その名残りすらありません。それは、奥さん、マロニエには、自分自身の記憶がないからなのですよ」記憶が失われると、死んでいった人、殺されていった人の生さえもかき消されてしまう。記憶、それは生命の証しである。死んでいった生命を記録しないということは、その人が生きていたということすら否定してしまうことだ。「早すぎる」自覚が、キシュに少年時代を書き続けさせた。「ビロードのアルバムから」のなかで、アンディ少年は、父の「遺品」について語る。「それは疑いもない、それだけが僕の子供時代の持参金になる、かつて僕というものが存在した、かつて僕の父が存在したことの唯一の物的証拠になるだろうと、早くから意識していた」のだ。

小説は「作り話」であってはいけないと、キシュは言う。だから、自分自身の少年時代を書いた。真実と記録性をどう文学として昇華するか、読み手の心に届けるか、それがキシュの取り組んだ大きな課題であった。それは、人生と文学の接点をどこに置くかということでもある。

『若き日の哀しみ』は、登場人物の名前以外は、ハンガリーの地名も、「マロニエの通り」に引用される父の手紙も、すべて実在のものである。キシュは『小さな出生証明書』(一九八三年)で父母をこう回想する。

「母からは事実と伝説を物語風に混ぜあわせていく傾向を受け継ぎ、父からは悲愴感と皮肉の精神を受け継いだ。父が国際鉄道時刻表の制作者であったという事実は、僕の文学に対する関わり方に、少なからぬ意味をもっている。それはコスモポリタニズムと文学の遺産のすべてだった。

母は二十歳になるまでは小説を読んだが、悔しいけれどそれは〈作り話〉にすぎないのだと悟ると、小説を読むのを永久に断ってしまう。空疎な作り話に対する母の嫌悪感は僕のなかにも存在している」

コビンの精神病院の退院証明書も、シンガー・ミシンも、夢想家で理想家でさえあるが、行動がともなわず活動曲線がゼロになってしまうような、どこかしら、想像妊娠の女さえ思わせる酒飲みの父も、ハンガリーでの疎開時代に言葉の通じない異郷の孤独を紛らすように、おとぎ話やセルビア民謡を聞かせてくれた、忍耐強くやさしい母も、すべてキシュ一家の「史実」である。

彼は家族の「史実」を「文学」に昇華させ、普遍という深みに到達するために、形式の上で綿密な計算をしている。まず、少年の目を通して描くこと。環境や民族、時代を超えて子供の心がもつ普遍性を利用したのである。次に、手紙のような実在の「書類」を用いること。これは人生（事実）と文学（空想）とをつなぐ役割を果たす。それから、語り手を変えていくこと。一人称単数で語られる部分のほかに、語り手が客観的に描写する部分を巧みに組み込んでいく。現実とは重層的なものだ、とキシュは言う。記録装置を変化させることによって、音楽的な響きを生み出し、重層性に近づくことができると考えた。同じ主題をピアノが奏で、バイオリンが奏でるように、同じ旋律を男声と女声がかわるがわる唄うように。

強制収容所、父の死……キシュの時代の「事実」は重い。それを読み手に届けるためにキシュが細心の注意を払ったのは、素材を悲愴感からどう解き放つかという点である。

「僕が四つのとき（一九三九年）、ハンガリーで反ユダヤ法が制定されたときのこと、父母はノビサドの聖母昇天教会で僕にセルビア正教の洗礼を受けさせた。それが僕の命を救うことになる……」（『人生、文学』）キシュは回想する。一九三六年六月、ハンガリー政府によるユダヤ人迫害が激しくなると、キシュの一家はスボティツァを離れ、ノビサド市に移り住む。父はユダヤ人であることを隠して家を借りた。キシュは小学校に入学する。しかし、一九四二年一月には、ノビサドで「寒い日々」と呼ばれるセルビア人とユダヤ人に対する大殺戮が起こった。ハンガリー警察は、ユダヤ人である父を連行する。ドナウ川を覆う氷に穴があけられ、連行された人々はそこに投げ込まれた。蛮行が中断され、九死に一生を得た父が家に戻るのはようやく翌日の午後であった。地獄絵は父の心をかき乱した。事件の後、一家はハンガリーにある父の生まれ故郷へ移り住む。ここで小学校を終え、ギムナジウムに二年間通うことになる。父がアウシュビッツに送られるのは、一九四四年のことだ。田舎を舞台に繰り広げられるアンディ少年の思い出の数々は、このあたりの情景が原型になっている。キシュはこのときを振り返り、こう語る。

「アルバムに納められたような牧歌的な風景が、突然断ち切られる。窓の下で銃声が聞こえ、僕は眠りから起こされる。母は明かりをつける、そして、すぐに明かりを消す。そして闇のなかで、僕をベッドから起こす、それは夢でもない、悪夢でもないと僕にはわかっている、母は震えている……」(『人生、文学』)大虐殺は急に起こったのではなかった。ノビサドの町の空気は緊張していた。キシュ一家は身を隠すために引っ越しを繰り返していた。父が連行された夜のこと、ダニロ少年は姉と長椅子に坐っていた。「……父は警官に身分証明書を見せる。警官は身分証明書を父に返す。父は帽子かけから外套と帽子をとる。一瞬、ステッキを持っていこうかどうか迷う……ステッキが帽子かけに残され、揺れている」（『人生、文学』）思い出は時間と場所のコンテキストを離れ、記憶のなかには断続的ないくつかの絵が残るだけだ。キシュは言う。「だから、僕は絵に語らせるのだ」と。映画のように映像をつないでいくこと、これによって、悲愴感を和らげることができる。大虐殺、アウシュビッツ……衝撃的な事件をキシュはけっして直接、描写しない。あくまでも、心象風景を造っていく。

当時、新しい法律が定められ、異なる民族間の結婚で生まれた子供は、男子は父親の民族を、女子は母親の民族を名乗らせることになった。「母はシンガー・ミシンでふたつの星を縫った。ひとつは大きく、ひとつは小さい……」しかし、父は息子に黄色の星をつけさせなかった。息子はユダヤ教徒ではなくセルビア正教の洗礼を受けている。こうして法の穴をくぐることができた。タンポポに似た星はミシンの引き出しにしまわれた。このダビデの星も、どの作品にも現われない。これについてキシュは、このモチーフはあまりにも悲愴感が強すぎ、これを中和させるだけのアイロニーが見つからなかったと述べている。

『若き日の哀しみ』では、悲愴感を和らげるためのアイロニーが随所に隠されている。「ポグロム」はユダヤ人虐殺を意味するスラブ系の言葉。だが、ここには虐殺ではなく、人々の嫉妬心や物欲がむしろ滑稽に描かれている。近所の人がユダヤ人の店の倉庫を襲う。「出来事」の意味を知ろうと少年も群れに加わる。店からムッソリーニの国イタリアのスパゲティが出てきた。「遠くから来た男」では「日本の重工業大臣」（むろん、日本が第二次大戦中、日独伊三国同盟を結んだことが暗示されている）の話が出て、報われぬ父親探しを締めくくっている。

映画の手法を用いて絵に語らせる、アイロニーを用いる、こうして悲愴感を中和する、そこに生まれた平衡感覚が、さりげなく読者を作品の世界に招き入れるのだ。キシュは、同じような作品は二度と書かないと言う。テーマにふさわしい文体を注意深く編み出していく。そのたびに、緻密な計算をして文体の実験を繰り返した。「ビロードのアルバムから」のなかで、アンディの母は、自分自身の「筆跡」をもっていて、ひとつひとつ違った編み物を丹念に編み上げる。これは、彼の文学に対する在り方のメタファでもある。時代の植物相と動物相……それを夢の言葉で少年時代の記憶に織り込みながら、キシュは、人の残酷さ、人の命の悲しさや優しさを一枚の布に織り上げた。肌触り、色合いといい、だれにも懐かしい布だ。そこには、ユーゴスラビアの文学の先人のほか、ギリシア神話やシェイクスピア、ロシアの幻想的な作家たちピリニャク、バーベリ、さらにジョイスやボルヘス……世界の文学が生んだ無数の糸も織り込まれている。

父がユダヤ人であったため、また「合いの子」であったため、生まれ故郷を追われて町から町へ移り住まなければならなかったキシュは、「他人と違うことからくる不安」にたえず悩まされた。生と死という永遠の謎、人はどこから来て、どこへ行くのか、彼は問い続けた。それがキシュの文学を貫くテーマとなっている。

鍵穴から小さな息子の一人遊びを覗く父親という不思議な光景で始まる「遊び」は、疎開直前の一家の情景で、アンディの父エドワルドと母マリアが登場し、血筋がテーマとなっている。アハシュエロスとは、ユダヤの民のこと。少年の祖父はユダヤ人で鵞鳥の羽売りだった。小さな部屋には、レダの白鳥やモナ・リザなど、名画の複製が掛けてある。アンディ少年は、絵に描かれた人を顧客にみたて、羽売りごっこをしている。息子は「金髪の少年」だと信じたいマリアも、脈々と流れるユダヤの血を認めないわけにはいかなかった。

「ビロードのアルバム」では、冷ややかな態度で伯母が父の死を告げる。事実、父方の親戚はキシュ母子を受け入れようとしなかった。一九四七年、キシュ母子は赤十字によってユーゴスラビアに送還され、叔父たちの住むツェティニェ市（モンテネグロの都市）に行く。ダニロ少年は、高校を終えるまでツェティニェで過ごすことになる。バイオリンを習い、美術に親しんだのもこの町だ。母は、一九五一年、病気で亡くなる。キシュはベオグラード大学に入学し、設立されたばかりの比較文学科を卒業すると、作家生活に入った。優れた作品を次々に発表し、またフランスのロートレアモン、ロシアのエセーニン、ツヴェターエヴァ、ハンガリーのエンドラ・アディなどの詩作品の翻訳を始める。

キシュはセルビア・クロアチア語及び文学の講師として、ストラスブール（一九六二―六四年）やボルドー（一九七三―七六年）に滞在した。一九七六年からは四年間、リール大学で教鞭をとり、それ以後は、パリに移り住む。キシュは書いている。「ここ数年はパリで暮らしている。それで郷愁に駆られることはない。目を覚ますと、自分がどこにいるのかわからないことがよくある。同郷の人たちが呼びあう声が聞こえるし、窓の下に駐車した自動車のカーステレオからはアコーディオンの音が鳴り響いてくるのだ」(『小さな出生証明書から』)

長さも形も違う小品を数珠《じゅず》のようにつないだ『若き日の哀しみ』は、抒情的リアリズムの世界、アイロニカルな抒情の世界である。バルカン半島という叙事詩的な歴史文学の伝統のうちにありながら、キシュは、独創的な抒情の文体をうちたて、セルビア文学、ユーゴスラビア文学の戦後リアリズムの流れを静かに変えた。文学とは、類なき人生を縦糸に、夢の言葉を横糸に織り上げていく手作業であることを、キシュは示してくれた。

家族三部作以後の傑作には『ボリス・ダビドビッチの墓』(一九七六年)、『死者の百科事典』(一九八三年)があり、ニン文学賞、アンドリッチ賞など国内はもとより、仏、伊、独、米などの数々の文学賞を受賞。作品は二十以上の言語に翻訳されている。

ユーゴスラビア内戦の暗い予感のする一九八九年十月十五日、感じやすい心の持ち主たちに惜しまれ、キシュは癌のためパリで客死、遺体はベオグラードに葬られた。

本書の翻訳は多くの方々の友情に見守られて完成した。最後までキシュの文学のよき理解者であり、最上の友人であり続けた演劇研究家、キシュの前夫人ミリアナ・ミオチノビッチ女史には数々の資料をいただき、訳語について貴重な助言をいただいた。生前キシュが愛用していたシンプルで大きい机、タイプライター、キシュの親友だった画家たちの絵が掛けられた白い壁、本棚の青いガラスの器や貝、窓から明るい光の流れ込むキシュの書斎で語ってくださった思い出の数々を、私は忘れないだろう。夢想的な世界を描く新鋭画家ミラン・トゥツォビッチ氏と出会ったのもこの書斎である。そしてキシュの教え子であり、後のパリ時代のキシュのパートナー、彼の作品を次々とフランス語で紹介する翻訳家、パスカル・デルペシュ女史。まさに共同作業で彼女がキシュと翻訳を進めていくエピソードに、キシュの「言葉に対する情熱」を感じないではいられなかった。眠る前のお話のかわりに原稿の朗読を繰り返し聞いてくれた三人の息子たち、原稿に何度も目を通してくれた夫の洋、義母淑子、短編の連載を勧めてくださった「婦人之友」編集部のみなさん、そして東京創元社の井垣真理さん、ありがとうございました。

一九九五年二月二十二日、ベオグラードにて

文庫化に寄せて

一九七九年十月のベオグラード、ドナウの岸辺をB夫妻と散歩していた。「必ずキシュを読みなさい」と言われて手に入れたのがノリト社版の高校生向けの文学シリーズの一冊、『若き日の哀しみ』だった。表紙はボヤン・ベーム氏の版画、青地に卵とその影が描かれている。藁半紙みたいな質素な紙だが、大切な一冊となった。翌年、サラエボで一年間の留学を終え、どの作家を訳したらいいかと尋ねる私に、恩師のブチコビッチ先生が勧めてくださったのもキシュだった。多民族国家ユーゴスラビアが、光り輝いていた時代のことである。

そして一度だけ、キシュを見た。一九八四年十月十日、アンドリッチ賞の授賞式で、豊かな縮れ毛からは霊気が漂う。タイプした受賞の挨拶の原稿一枚を上着のポケットから取り出し、深い声でゆっくりと読み、一九二一年にアンドリッチの書いた文章を引用して言葉を結んだ。「少しずつ書いているが、苦しい。我が祖国なしには、何も無い。僕は祖国とともに生きられず、祖国なしでも生きられない」と。キシュは一九八九年十月十五日にパリにて客死。祖国には政治の暗雲がたちこめていた。一九九一年夏、ユーゴスラビアに内戦が勃発する。

小舟に僕たち十人。あと涙一粒で沈みそう。

この短詩を書いたのは難民となったトルピニャ村の少年だった。戦争が多くのアンディを生みだしていく。戦時下のベオグラードで、私は『若き日の哀しみ』の翻訳を始めた。夕方、テレビのニュースが流れると、居間を出てテラスに出る。あらゆる言語の報道が虚しい。集合住宅の十一階、煉瓦の壁を背に床にぺたんと座ると、燕の飛び交う夕空しか見えなくなる。原書を声に出して読むのが日課になった。この書物に守られて、厳しい時代を乗り越えられた。

だが歴史は残酷だ。翻訳の初版が刊行されて三週間後の一九九五年八月五日。内戦で規模最大といわれる民族浄化作戦「嵐」が、数多くの人々から故郷を奪い、果てしない人々の列が数日間も続いた。十一歳のソフィアもB村を追われた。家族がトラクターで家を出ていく朝、「私の忠実な犬ボビーはうなだれ、言葉のかわりに、悲しい目をして遠く吠えました」、と作文に記している。だが奇跡もあった。戦地のペトリニャから百三十九日間、五百キロも旅をして、デナという名の犬が、セルビアのルマ市の難民収容所に現れた。十二月二十二日、飼い主のゴラン君とティヤナちゃん兄妹を探しあてたのだ。犬は人の心臓の音を記憶する、遠方からも主人の心音を感じる能力がある、と友達は言った。

キシュは、沼野充義氏、沼野恭子氏、柴田元幸氏、和田忠彦氏、池澤夏樹氏、松山巖氏など優れた批評家に巡り合えた。家族三部作の第三作『砂時計』を翻訳した奥彩子氏のような研究家も生まれた。第二作『庭、灰』の拙訳もあるので、キシュの世界を旅していただきたい。

文庫本となった喜びは言葉では言い尽くせない。が、今もなお地球から戦火が消えない。キシュの『死者の百科事典』の翻訳が刊行された一九九九年の春は、私たち家族もＮＡＴＯによる空爆を当地で体験した。武器もさらに冷酷になり、人、動物、植物、水、土、大気を蝕んでいく。ディンゴの心臓の音に耳を傾けていただけたら幸せである。東京創元社の井垣真理さん、このたびも、ありがとうございました。

二〇一三年八月五日、ベオグラードにて

山崎佳代子

ダニロ・キシュと山崎佳代子
――戦争と、夏草と、世界文学の出会いについて

沼野充義

山崎佳代子による名訳『若き日の哀しみ』を、思わずため息をつきながら読んだ。少年時代を回想したこの自伝的な作品集には、色も香りも味も、少年時代ならではの鮮やかさとともに蘇らせる魔力がそなわっている。たとえば「野原」と題された小品のこんな書き出しはどうだろうか。「川岸に沿って歩いていった〔……〕。盛りを過ぎたニワトコの香りの混じったオゾンを大気に感じた。真新しいモグラ塚は、かさぶたのように赤みをおびていた。そのとき、突然、陽が上る。草のなかでキンポウゲが燃えだした。カミツレの花が香りはじめ、野原は夥しい香りで重くなる。少年は犬が桜草を噛み、鼻先から緑の汁がたれるのをながめていた。それから、少年も草のなかに腹這いになる、饅頭のように湯気を立てているモグラ塚の傍らに」。これはダニロ・キシュという作家がセルビア語で書いた文章の日本語訳だが、これ自体日本語による文学作品として自立している。

もっと、いくらでも引用したくなるが、このくらいでやめておこう。この小文をいま目にしている読者は、本文に立ち返って、断章の一つ一つを味読していただきたい。一見したところ、少年時代の記憶を抒情的に綴った「優しい」文章のようだが、驚くべきことに、

このすべての背景に苛酷な時代があった。著者の繊細な抒情のプリズムが意外なほどの強靭さをあわせ持っていて、猥雑な現実の遮断に成功していることだ。いや、「遮断」というのは早合点かもしれない。注意深い読者は、繊細なアイロニーの影に包まれた、恐ろしい歴史を透かし見ることもできるだろう。たとえば「略奪《ポグロム》」という断章。なんだか興奮した暴徒の群れらしきものに引きこまれ、大胆にも行動をともにした少年の目による描写らしいということは分かるが、「滑稽なお祭りのようだった」などという記述もあり、むしろカーニバル的な様相さえ呈している。「略奪」というタイトルがなかったら、これが後に「寒い日々」と呼ばれることになる、ノビサドで一九四二年に起こったおぞましいユダヤ人大虐殺という歴史的事件を扱ったものだということは、分からないのではないか。

少年の父（つまり作家キシュの父でもある）はかろうじて虐殺の難を逃れたものの、あまりの衝撃にそれ以後精神のバランスを失ったらしい。この父の運命を暗示する文章は『若き日の哀しみ』のあちこちに、微妙な形でちりばめられている。「セレナード、アンナのために」は、「窓の下がざわめいた。ふと、父を殺しに来たのだと思う」という文で始まり、父が死の脅威にさらされ続けていたことが暗示されるが、その父がその後どうなったかといえば、「婚約者」の末尾で「背の高い父が、杖を手に、堅い縁の黒い帽子をかぶって、馬車のあとを遅れて歩いてくるのが見えた。紫色の地平線にその姿がくっきりと浮かび上がっていた」といった姿を見せるのが最後で、その後ずっと不在が続き、ようやく「ビロードのアルバムから」で父の死が語られるのだ。だから「婚約者」の最後に登場した父の姿は、この世に別れを告げて、絶滅収容所に向かうところだったというような印象を（後から思い出したときに）もたらすのだが、読者はこういった描写の背景に、キシュの父がユダヤ人ゲットーに連行され、最後にはアウシュヴィッツで殺されたという悲劇がひそんでいることをそう簡単に読み取ることはできないだろう。

キシュの生い立ちと経歴については、訳者の解説に詳しいので、ここでは詳しくは立ち入らないが、彼は、ユダヤ人の父とモンテネグロ人の母の間に生まれた、ユーゴスラビアのセルビア語作家であり、父の母語はハンガリー語だった。旧ユーゴとハンガリーの境界地域に生まれ育ったユダヤ系の少年の一家は、第二次世界大戦とナチスドイツによる占領、ユダヤ人虐殺、迫害を逃れるためのハンガリーの農村への逃避行といった試練を次々にくぐりぬけなければならなかった。こういった事柄はいくらでも重苦しく、おどろおどろしく書くことができる。しかし、キシュは「抒情のひと跳び」というタイムマシンで数十年前にもどりながら、少年時代の色彩や香りを淡い絵筆によって再現するだけで、悲劇的な事件の数々に直接焦点を合わせることは、注意深く避けている。

おねしょをした翌朝の恥ずかしさ、幼い初恋のやはりとても恥ずかしい体験、かわいがっていた犬との悲しい別れ。ここに描かれているのは、誰もが幼いころに一度は通過しなければならない経験ばかりである。しかし、だからこそ微妙なバランスの上に成り立つ脆くもはかない少年時代の輝きが、ユーゴスラビア固有の歴史や地理を超えて、そして時間の厚みを透かして伝わってくる。恐怖と苦痛と残酷さでどんより澱んだ歴史の画面を薄い繊細な布で覆い、その上で展開する抒情の奇跡がここにはある。

じつはキシュは『若き日の哀しみ』以外にも、『庭、灰』（原著一九六五年刊。邦訳は山崎佳代子、池澤夏樹＝個人編集『世界文学全集』Ⅱ－06所収）と『砂時計』（原著一九七二年刊。邦訳は奥彩子、松籟社）という互いに緊密に関係しあった自伝的長編を二つ書いており、全部を合わせて「自伝的三部作」と呼ぶことができる。ただし、それぞれ驚くほど異なった書法によって書かれ、まったく違う手応えを与える作品になっている。『若き日の哀しみ』が「抒情のひと跳び」で少年時代にさかのぼって、淡い水彩画のような美しい光景を描き出していたとすれば、その前に書かれた『庭、灰』は、緻密な描写と硬質のアイロニカルな抒情、難解な実験性と可笑しな物語性の絶妙のブレンドの魅力にかけては超一級だが、それだけに難解で、ジョイスやナボコフとも張り合えるようなヨーロッパ・モダニズムの実験を受け継ぐものになっている。それに対して、最後に書かれた『砂時計』は重苦しく、出口がいつまでたっても見えてこないカフカ的悪夢の世界に読者をさまよわせる。幸い、どちらもこれ以上は望めない最良の翻訳者によって日本語に訳されているので、『若き日の哀しみ』でキシュの世界に初めて触れた読者は、これら二作もあわせて読んでいただきたいと思う。さらにロマネスクの香りの強い幻想短篇集とも言える『死者の百科事典』（山崎佳代子訳、東京創元社）まで読書の環を広げると、キシュという作家がいかに大きな可能性を持った二十世紀世界文学の旗手であったかを実感することができるのではないだろうか。

それにしても日本での紹介のあり方を考えると、キシュは幸せな作家だとつくづく思う。セルビア語の機微に通暁した山崎佳代子という名訳者に恵まれたからだ。さらに若手の研究者で、難物の『砂時計』の邦訳も手がけた（これまた優れた翻訳である）奥彩子による堂々たる研究書『境界の作家　ダニロ・キシュ』（松籟社）まで出版されており、いまでは日本語でも作家の全貌がほぼ分かるようになっている。

ここで話題を少し転じ、『若き日の哀しみ』の訳者のことに触れておきたい。山崎佳代子さんは単にセルビア文学の翻訳者・研究者ではない。彼女自身がまた、現代まれにみる清澄かつ精密な抒情の才を持った詩人である。

山崎佳代子は一九七九年、まだユーゴスラビアという多民族連邦国家が健在であったころ、日本からはるばる留学していった。サラエボ、リュブリャナで学び、結婚、出産。そして三人の男の子を育てながら、ユーゴスラビア文学の研究と翻訳を続け、大学で日本語を教え、やがて詩を書くようになった。それ以来、ずっとベオグラードに住んでいる。ベオグラードがNATO軍による空爆を受けたときも、逃げ出すことなく、家族とともにこの町に踏みとどまった。現在、ベオグラード大学教授として日本語・日本文学を教える、精力的な教育者でもある。

周知のように、一九九〇年代のユーゴでは民族対立が表面化し、一つだった国はいくつにも分裂し、近隣の民族が殺し合いを始めた。その悲劇について、誰が正しかったのか、誰に責任があったのか、ここでは問わない。いずれにせよ、それはセルビア国内に生きる普通の人たちにとって、現実には経済制裁のせいで充分な医療も受けられずに死んでいくことであり、「誤爆」によって子供や友人が殺されていくことでしかない。しかし、山崎さんは家族を抱えて空襲におびえながら、それでもなお現実を見つめ、「日常生活」を続けた。そして、驚くべきことに、その経験から夏草のように強く、しなやかで優しい詩とエッセイが次々に生まれて行ったのだった。

彼女がユーゴ内戦の経験を踏まえた作品を書くようになったのは、『若き日の哀しみ』の翻訳よりは後のことだが、私には苛酷な戦争と迫害の時代を生きたキシュの少年時代の描写が、山崎佳代子の詩と重なって見えてならない。たとえば、近所の二人の子供たちが空襲のため殺されたと知ったときの衝撃を、彼女はこんな風に書いている。

水と空気を
奪われ
光を消されても
手をつなぎ

命は命に
耳を澄まし

声もたてず
階段をのぼりつづける

天使が空に
かえった朝も
小さな足あとが
ただ闇にかがやき

「階段、ふたりの天使」より（詩集『薔薇、見知らぬ国』書肆山田）

あるいはベオグラードの町の破壊されない命と喜びについて、彼女はこう書く。

それより知っているかい
雨上がりに薫り立つ
夏草のよろこびを

「閉ざされた町」（詩集『産砂　RODINA』書肆山田）

ベオグラードに住み、日本語でこういう詩を書き続ける人は、ダニロ・キシュと同様、世界文学の住人ではないだろうか。

最後に、キシュの世界文学の中の位置づけについて少し補足しておきたい。先に私は、キシュが二十世紀世界文学の旗手であると（言葉遊びではない）述べたが、それは具体的にどういう意味だろうか。晩年のキシュがむしろ集中的に考えていたのは、世界文学というよりは、中欧文学の詩学だった。例えば彼が一九八六年に書いたエッセイに「中欧の主題の変奏曲」という興味深いエッセイがある。文学的な考察であって、理論的な探求ではないが、ハンガリーとユーゴスラビアの両方にまたがり、また晩年は自身フランスで半ば亡命者として暮らしていた作家ならではの優れた洞察に満ちた重要な中欧文化論になっている。ここで彼は自分を他の中央ヨーロッパの作家たちと結びつける、一種の共通の詩学があると主張する。「（中欧的詩学とは）何よりも、本来的な〈文化の存在〉である。つまり、ヨーロッパ全体の遺産への言及や追憶や参照の形式、作品の自然な成り立ちを破壊せずに作品に対して意識的な態度をとること、そして皮肉な情念と抒情的な飛翔の間の注意深いバランスだ」。さらに彼は形式へのこだわりこそが、中欧の作家たちに共通する特徴の一つであると言って、このエッセイ全体を結ぶ。ここで彼が言う「形式」とは、「形而上的曖昧さと生を理解したいという願望のことであるとともに、われわれを取り巻く混沌の中でアルキメデスの梃子の位置を正確に知る試みであり、野蛮な暴力や本能の非合理な気紛れから身を守るとりで」でもあるのだという。これは中欧文化に対するもっともポジティヴな評価であると同時に、まさに現代世界における文学の意味への信念の表明ではないか。『若き日の哀しみ』の読者ならば、きっと納得できるに違いない。
魅力的な男でもあったようだ。キシュにはいまだに——広範な大衆的読者の間で人気を博しているとは言えないにせよ——熱烈な信奉者が世界のあちこちにいる。その一人が、現代ハンガリーのポストモダン文学の雄、エステルハージ・ペーテルである。彼の代表作の一つ、『ハーン＝ハーン伯爵夫人のまなざし』（早稲田みか訳、松籟社）という、カルヴィーノへのオマージュともいうべき奇妙なドナウ川文化圏論小説には、ダニロ・キシュその人が登場する。この小説の語り手の「雇われ人」とは、ほぼエステルハージ本人のことだが、彼は晩年のキシュと電話で会話するのである（いったい彼らは何語で会話したのだろうと不思議に思って、私はエステルハージに会ったときに直接聞いたことがある。ハンガリー語だとのことだった。エステルハージ自身が小説中にも書いている通り、キシュはセルビア語作家でありながら、父の母語であるハンガリー語を流暢に話したのである）。私の知る限り、中欧文学のネットワークを示すもっとも雄弁なキシュ賛辞であるエステルハージの言葉をもって（少々ずるをする感じになるけれども）、この小文を結ぶことにしたい。

この男こそ、ユーゴスラヴィアなるおよそありえない理念を体現した真に唯一のユーゴスラヴィア人だった。異なる民族どうし、殺しあうばかりでなく、豊かにしあうことだってできる、それを証明する唯一の存在がこの男だった。**この豊かさこそがダ**

ニロ・キシュその人だった。〔……〕この中央と東との混交ヨーロッパ人は、知性、色っぽさ、機知、厳しさ、男らしい威厳、男っぽい自嘲、滑稽さ、（言葉は悪いが）道徳的権威、軽やかさなどを備えた典型的フランス人と映った。重さと重さの不在、これがダニロ・キシュだった。ひとりの**人間のなかに**、死と不滅が並存していた。

（早稲田みか訳）

本書は一九九五年、小社の海外文学セレクション
の一冊として刊行された作品の文庫化です。

創元ライブラリ

若き日の哀しみ

二〇一三年九月三十日　初版
二〇二一年四月十六日　三版

著　者◆ダニロ・キシュ
訳　者◆山崎佳代子

発行所◆㈱東京創元社
代表者　渋谷健太郎

郵便番号　一六二―〇八一四
東京都新宿区新小川町一ノ五
電話　〇三・三二六八・八二三一　営業部
　　　〇三・三二六八・八二〇四　編集部
振替　〇〇一六〇―九―一五六五

印刷・フォレスト　製本・本間製本

ISBN978-4-488-07072-4　C0197

HHhH＊LAURENT BINET

ゴンクール賞・最優秀新人賞受賞作

HHhH プラハ、1942年

ローラン・ビネ　高橋啓訳

ナチによるユダヤ人大量虐殺の首謀者ハイドリヒ。ヒムラーの右腕だった彼を暗殺すべく、亡命チェコ政府は二人の青年をプラハに送り込んだ。計画の準備、実行、そしてナチの想像を絶する報復、青年たちの運命は……。ハイドリヒとはいかなる怪物だったのか？　ナチとはいったい何だったのか？　史実を題材に小説を書くことにビネはためらい悩みながらも挑み、小説を書くということの本質を、自らに、そして読者に問いかける。小説とは何か？　257章からなるきわめて独創的な文学の冒険。

▶ギリシャ悲劇にも似たこの緊迫感溢れる小説を私は生涯忘れないだろう。(……) 傑作小説というよりは、偉大な書物と呼びたい。　──マリオ・バルガス・リョサ

▶今まで出会った歴史小説の中でも最高レベルの一冊だ。──ブレット・イーストン・エリス

四六判上製